ÉLÉONORE

DEBEAUVAL,

OU

LES CRIMES D'UN AMBITIEUX.

ÉLÉONORE
DEBEAUVAL,

O U

LES CRIMES D'UN AMBITIEUX;

PAR

Mme. LOUISE DAURIAT,

Auteur de CHARLES VALENCE, etc.

Orné d'une très-belle gravure, dessinée
par CHASSELAT.

TOME SECOND.

PARIS,

CHEZ A. MARC, LIBRAIRE,

Auteur et Éditeur du *Dictionnaire des Romans*,
à son Magasin de la rue Rameau, n°. 11, quartier
du Palais-Royal.

1822.

ÉLÉONORE

DE BEAUVAL,

ou

LES CRIMES DE L'AMBITION.

Il m'était impossible de me rendre raison de la conduite de cet homme que l'ambition et l'orgueil rendaient si criminel. Quoi ! l'amour des honneurs, des rangs, des titres, peut arracher des hommes à la nature, à l'humanité ! Comment ! ce misérable ne savait pas, ne voulait pas savoir qu'Eléonore lui faisait plus d'honneur qu'une duchesse ! Il

va à tort et à travers répandre
le sang de deux hommes recom-
mandables ! de deux hommes dont
la première gloire est d'être bons
citoyens ! Et pourquoi ? pour venger son ambition déçue , son orgueil qu'ils avaient trop innocem-
ment offensé.

Je ne me lassais pas d'admirer la
vertueuse et sensible Eléonore. J'aimais déjà son intéressant mari
comme on aime son frère. Le duc
m'inspirait un sentiment si doux ,
que je passais volontiers sur ce qu'il
n'avait jamais pu supporter l'idée
d'un camp , d'une bataille ; j'admi-
rais qu'il était généreux ami , qu'il
avait été bon fils , et qu'il était bon

citoyen quand il eût été le plus
mauvais soldat du monde! Ce contraste m'étonnait au point que je
le regardais comme une bizarrerie
de la nature d'autant plus origi-
nale qu'elle n'ôtait rien au plaisir
qu'on devait avoir de donner et sa
confiance et son amitié à cet
homme si aimable, si rare dans la
sincérité de ses sentimens, la constance de ses affections, et la gran-
deur de ses sacrifices.

Les quakers sont les meilleurs
hommes du monde, nous dit-on,
et pas un d'eux ne défendrait, au
prix du sang de son ennemi, ce
qu'il a de plus cher. Frappe, tue-
nous, disent-ils à l'ennemi... Cela

peut être une vertu ;.... mais est-ce
là une grande vertu ?... Je n'ose dire
oui. Quakers, vous mourrez de douleur !.... Votre résignation est plus
que touchante ! Malheur à l'ennemi
qu'elle ne désarme pas ! Mais votre
bravoure l'aurait vaincu , anéanti !
Sur un champ de gloire on défend
des millions d'hommes , on sauve
des cités. Votre sensibilité ne tient
pour ainsi dire d'aucune espèce de
nature humaine ; je veux dire de ce
qui est commun à tous les hommes ;
car tous ils sont nés pour se défendre.
Mais , que dis-je ? les blessures de
l'âme sont-elles acquises sans une
gloire parfaite ? Les sacrifices qu'elle
fait pour la félicité des autres, n'équi-

valent-ils pas la perte du sang
quand ils minent profondément les
sources de la vie ? Les hommes ne
sont-ils véritablement grands que
dans les plaines jonchées de leurs
ennemis vaincus ? La palme décernée au héros, les lauriers dont il
couvre sa tête, ne sauraient-ils pâlir
devant la couronne d'immortelles
qu'embellit le modeste front de la
douce vertu ? Résolvez, lecteurs.
Quant à moi, en d'autres lieux, je
dirai mon sentiment ; et je ne vous
recommande pas moins pour cela
le tendre ami d'Edmon.

J'étais impatiente de connaître
la suite de cette malheureuse histoire. En attendant, j'eus le plaisir,

si d'abord c'en fut un pour moi, de revoir dans la soirée madame Valmy, dont je n'avais pas entendu parler depuis cette certaine conversation qu'on se rappelle sans doute. Eh bien ! me dit-elle, chère amie , avez-vous vu vos affligés? les avezvous consolés?—Ils ne seront jamais consolés.—Comment?—Leurs chagrins sont de nature à n'être jamais oubliés ; et, quand on n'oublie pas , on n'est pas consolé. — Mais, ditesmoi, où donc les avez-vous vus, ces affligés ?..... C'est depuis peu que vous les connaissez ; vous ne m'en avez jamais parlé?—Oui, c'est depuis peu que je les connais.—Mais, où les avez-vous vus ?...— Où je les

ai vus ?... —Oui.... —Oh ! je les
ai vus où vous n'allez jamais... vous
auriez trop peur de vous attendrir...
de vous attrister ; selon vous, cela
rend trop laide.... — Ah ! ne voilà-
t-il pas que vous vous moquez ?...—
Mais, ne m'avez-vous pas dit l'autre
jour que c'était un enfantillage de
m'attrister ? N'avez-vous pas pris
d'abord pour une plaisanterie ce que
je vous disais ? Ne voulûtes-vous pas
me détourner d'un devoir que vous
n'auriez pas plus tôt rempli de bon
cœur, que vous voudriez le remplir
les trois quarts de votre vie ?... —
Mais, en grâce ! dites-moi où vous
avez vu ceux qui vous intéressent si
fort ? — Au Cimetière du Père La

Chaise.—Ah, mon Dieu!—Eh bien!
ne vous voilà-t-il pas toute saisie?
Voyez, ma bonne, si votre rouge
n'est pas tombé. — Mais.... c'est
que.... —Non, ma chère, vous ne
vous intéresseriez jamais à des gens
qui pleurent sur des mausolées; leur
malheur ne pourrait vous toucher; ainsi ne parlez plus de mes
nouveaux amis. — Quoi ! vous les
nommez déjà vos amis ? — Sans
doute, l'infortune des hommes doit
les rapprocher de suite de nos cœurs.
Lorsque je vois un homme qui
souffre, qui gémit, que d'autres
hommes ont persécuté, je m'attache
à lui, et je crois le connaître depuis
long-temps. — Ils sont donc bien

malheureux, ceux qui depuis peu?..
— Oui, madame.... — Quoi que
vous disiez sur mon compte, je
voudrais bien les connaître ! — Cela
me semble presque impossible. —
Pourquoi, ma bonne petite ? —
Vous avez la mine trop enjouée,
trop agaçante ; et si les infortunés
sont comme vous susceptibles d'atta-
ques de nerfs, rien n'est plus propre
que votre figure à les jeter dans l'état
de la plus complète épilepsie : ainsi
je vous engage à renoncer au désir
de les voir ; et je ne pense même pas
que j'aie rien à vous raconter de leurs
malheurs. — Cela est mal de votre
part ! — Pourquoi donc ? — Mais,
moi, je vous dirais tout. — Oh !

sans doute ! et à bien d'autres aussi !
— Comme vous me traitez ? —
Comme on doit traiter une femme
du bon ton , une petite maîtresse ....
— Il y paraît. — Assurément oui.
Il est vrai que si vous étiez une femme
comme ce que je me permets d'appeler une femme comme il faut, je vous
paraîtrais un peu plus agréable....
N'est-il pas vrai que vous me trouvez un peu brusque ? Convenez-en ,
je ne m'en fâcherai pas ! Si vous saviez comme une dame qui est digne
d'être femme est intéressante ! Qui
dit une digne femme, dit plus qu'un
héros , plus qu'un grand homme.
Une vraie femme, une digne femme
est le portrait noble et touchant de
toute la nature. Un grand homme

n'est presque toujours qu'un être bi-
zarre, qui comporte en soi-même je
ne sais combien d'individus à la fois,
qui a un beau côté, puis un côté fai-
ble, vicieux, ou tout-à-fait mauvais;
c'est une créature dont le caractère
est chamarré de prétendues vertus
qu'il fait briller aux yeux de ceux que
leur facile admiration lui fait subju-
guer.... Les exagérations, les folies
humaines n'entrent-elles pas en
grande partie dans presque toutes
les actions de beaucoup d'hommes ?
Et voit-on que, pour se faire une réputation, la femme soit réduite à
toutes ces misères ? Dieu merci ! il
est dans sa nature d'en être préser-
vée, et de tout cela il résulte qu'il est

bien plus facile de savoir tout au plus
juste ce que c'est qu'une digne
femme, que ce que c'est qu'un grand
homme. Je suis bien fâchée de le
dire, mais parmi tous les hommes
dont on s'est ingéré jusqu'à nos
jours de faire l'apothéose, il n'y
en a peut-être pas dix qui l'aient
bien mérité. Et Dieu sait si le cata-
logue est mince! Savez-vous que
c'est dans l'intérêt du sexe usurpa-
teur de grossir la liste des élus? Et
ne savez-vous pas que parmi certains hommes qui se sont érigés les
dispensateurs des postérités, il en
est d'assez sots, d'assez vains pour
appeler une femme qui aura commis
de belles actions, dont le génie aura

fait éclater autour d'elle des bien-
faits sans nombre , pour l'appeler ,
dis-je , un grand homme ? Une
femme écrit-elle bien ? peint-elle
de fortes situations ? est-elle profonde dans ses conséquences , dans
ses raisonnemens? elle écrit comme
un homme ! Est-elle courageuse ?
elle ressemble à un homme. Ce
qu'elle a dit , ce qu'elle a fait de
beau , c'est digne d'un homme....
Que dis-je donc ? Bien mieux que
cela , c'est un homme qui le lui a
soufflé. C'est un homme qui a mis
la main de perfection aux ouvrages
qu'elle vient de publier : et reste à
savoir encore si ce n'est pas lui qui les
lui a faits;... par galanterie, que ne

fait-on pas pour le beau sexe?...
Un homme qui écrit, regarde-t-il
de si près à un triomphe littéraire ?
C'est ce qu'on n'aurait jamais vu...
Il s'est desséché pendant dix ans et
plus pour obtenir une grande cé-
lébrité.... Eh bien ! que lui importe ? il va paraître une œuvre
qui la lui aurait méritée ; mais....
c'est pour en faire honneur à une
femme, qu'il va dérober son nom
à la postérité ! quelle générosité !
Charmante Deshoulières, et d'autres femmes avant et après toi, il
faut convenir que les hommes qui
ont fait vos ouvrages, méritent des
autels pour s'être tenus si bien cachés
jusqu'à ce moment ! Vous convien-

drez, madame, que si la moitié
du monde consistait dans des gens
tels que ceux dont je vous parle,
il y aurait querelle perpétuelle avec
l'autre moitié. Et savez-vous que
Rousseau n'a pas peu contribué à
faire accréditer de pareilles idées?
mais, chose bien plus grave que
cela, savez-vous qu'il a troublé
plus d'un ménage rien qu'avec son
Émile? L'homme ridicule, quand
il traite de la femme! O femmes
qui vantez Rousseau, c'est que vous
ne le connaissez pas; c'est que vous
le jugez sur parole! Lui qui vous
a placées si bas que de préten-
dre vous ôter jusqu'à la puissance
d'élever vos enfans! ne parle-t-il

pas de vous donner un mentor tout
le temps que vous les alaitez ? de
placer ce mentor à l'ouïe naïssante
de vos fils pour exercer leurs premiers bégaiemens ? ne vous trouve-
t-il pas incapables de guider les
premiers pas de l'enfance ?... N'est-
ce pas lui qui, se croyant plus docte
que la nature qui vous a si bien
inspirées, veut vous imposer une
méthode, des manières qu'en ce
qu'elles ont de bon, vous avez
connues avant lui? Ah! ce n'était
point à Rousseau qu'il était permis
de parler ni des femmes, ni de la
maternité!... Lui qui....; mais je
m'arrête. Estimons Rousseau d'a-
voir prêché la liberté des hommes;

mais plaignons-le de s'être attaché
à réclamer, avec une sorte d'ani-
mosité, l'esclavage d'un sexe qui
n'eut jamais besoin de lui, et auquel il a dû les plus heureuses épo-
ques de sa vie. Mais par bonheur
que les hommes sont en majorité
très-absolue, trop intéressés à re-
pousser loin de leurs cœurs, des
systèmes, des empiétemens qui ré-
voltent autant le bon sens que l'humanité, et qui font la honte de
ceux qui les ont publiés. — Oh !
par ma foi, sur tout cela, je suis
bien de votre avis. Et quoique
vous m'ayez bien maltraitée tout-à-
l'heure, cela m'est égal ; je vous
aime de tout mon cœur, et je veux

vous faire voir que si je ne suis pas
une femme bien raisonnable, que
si je ne suis pas une femme comme
il faut,.... je ne suis pas non plus
l'ennemie de celles qui le sont. Je
ne saurai rien, si vous le voulez,
des infortunes de vos nouveaux
amis; je ne me permettrai même
pas d'insister à cet égard; mais,
malgré le ton léger qui m'a rendue
l'objet de vos amères plaisanteries,
il faut que vous sachiez que je n'ai
pas été exempte de peines, et de
peines bien vives....; oui, ma chère
amie; et, puisque vous êtes en train
d'écouter les détails des malheurs
d'autrui, je vais vous raconter, si
vous le trouvez bon, ce que je

me suis bien gardée de raconter à personne. — Volontiers, madame, et je vous promets le secret.
— Hormis dans un roman, s'il vous prend envie d'en faire un de ce que je vais vous dire ; car, en changeant les noms, cela ne peut souffrir le moindre inconvénient. Quant à moi, je vous proteste que je ne saurais m'en formaliser. — Eh bien, je vous écoute avec toute l'attention possible. Ah ! madame, si vous avez été malheureuse..... — Oui !.... n'est-ce pas que j'aurai des droits sur votre cœur ? — N'en doutez pas. — Eh bien, écoutez-moi. Et ce fut de cette manière que madame Valmy s'exprima :

« Dès l'âge de quinze ans, je fus livrée à moi-même. Ma mère, que que vous plaignez beaucoup,.... mais dont je n'oublie pas, comme vous pourriez le penser, que je suis la fille, ne veilla nullement à mon éducation. Nous sommes trois enfans. Je fus plus en état de me tirer de peine que mon frère et ma sœur, je pris le parti du théâtre, je me croyais des moyens pour cette vocation ; mais je reconnus bientôt mon insuffisance, et m'en consolai par l'amour d'un honnête homme qui m'attacha véritablement à lui par la reconnaissance : il me fit donner un peu d'éducation, et

m'apprit à prendre les manières de
ces gens que vous n'appelez pas des
gens comme il faut. Je ne recevais
pas d'autres hommages que les siens,
et je me piquais à cet égard du plus
grand scrupule. Je passai long-temps
pour son épouse vis-à-vis de ceux
que sa place assez éminente l'obli-
geait à recevoir. Je fis un assez long
séjour avec lui en Italie. Ensuite
nous vînmes à Paris. Nous étions
alors en 1808. Vers la fin de cette
année, le hasard voulut que je fusse
remarquée chez un certain conseiller d'état par un homme d'environ
quarante-huit ans, d'un fort bel
aspect, et dont la tournure me parut
ɪa plus élégante que j'eusse jamais.

vue. Je sortis de chez le conseiller, sans me douter que j'avais fait la conquête d'un homme si remarquable par son physique, et que je ne ferais point une démarche sans qu'il le sût, et qu'il devait s'offrir à ma vue dès que l'occasion s'en présenterait ; car il savait déjà qu'il lui aurait été un peu difficile de pénétrer chez moi, attendu que M. Dubourg, dont je ne portais pourtant plus le nom, et qui ne passait plus pour mon époux, ne s'absentait pas assez long-temps de chez moi pour lui faire espérer qu'il pourrait au moins m'y envoyer sa déclaration. Il fallut donc qu'il attendît cette occasion qu'il désirait si ardemment, et qui s'offrit enfin de cette manière.

« M. Dubourg ayant un voyage à faire près Paris, je me rendis au spectacle de la rue Feydeau avec une de mes amies. A peine allais-je entrer dans la loge, que l'inconnu (car je n'avais pas songé à me faire dire son nom et sa qualité) se présenta à moi, et me demanda d'un ton si aimable la permission de remplacer mon chevalier, que je ne crus pas devoir répondre par un refus qui n'eût été que de l'impolitesse. Sa conversation était vive et spirituelle, sa physionomie s'animait gracieusement ; mais il ne regardait jamais que quand on ne le regardait pas. Il me tint des discours même séduisans ; je l'écoutais avec com-

plaisance, mais je ne pensais nullement à lui donner le moindre espoir. En sortant il m'offrit sa voiture et me conduisit jusques à ma
porte, en se retirant avec des dé-
monstrations de l'amour le plus ardent. Le lendemain il trouva le
moyen de me faire remettre, par ma
femme-de-chambre, une lettre telle
que vous devinez bien dans cette circonstance. Je ne crus pas devoir y
répondre : une raison puissante em-
pêchait M. Dubourg de m'épouser;
et en cachant notre liaison du mieux
que je pouvais, j'avais juré de ne
jamais en former une semblable
avec un autre que lui, s'il arrivait
que le hasard nous séparât. J'étais

sincèrement dans ces dispositions ;
et tourmentée par la persévérance
de l'inconnu, je ne pus ni ne voulus les lui cacher ; il se retira avec
les marques d'un vif désespoir....
et j'en fus moins touchée que je ne
fus satisfaite de ce qu'il semblait renoncer à moi. Je me croyais totale-
ment oubliée , quand un soir en
sortant de chez une dame de mes
connaissances, (j'étais à pied, il
était environ six heures du soir,
c'était au commencement de l'hiver) deux hommes m'obligèrent au
nom de la loi de monter dans un
fiacre qui m'attendait. Pourquoi ?
leur demandai-je, toute émue.
Nous l'ignorons me répondirent-ils;

mais, madame, c'est une ordon-
nance de police à laquelle vous ne
pourriez résister sans vous exposer
à ce que nous eussions recours à la
force armée : dans le cas de bonne
volonté , ne craignez rien ; vous
serez traitée avec tous les égards
dus à une personne de votre sexe.
Et je montai plus morte que vive
dans cette voiture, où je trouvai un
troisième individu. Où allons-nous
donc , messieurs, leur demandai-je?
(nous étions alors dans le faubourg
Saint-Honoré.) — Où M. le préfet nous a ordonné de vous conduire. Les glaces de cette voiture
étaient si bien fermées, qu'il m'eût
été impossible de voir le chemin

sur lequel nous étions : tout ce que je puis dire c'est que les chevaux allaient presque d'un train de poste, et qu'au bout d'environ une heure, la voiture entra sous une grande porte cochère. Je n'omettrai pas toutefois, que nous ne cheminâmes pas toujours sur le pavé, ce qui me fit connaître que nous étions sur une route.

Dès que la voiture fut entrée sous cette porte, une lumière parut; un homme masqué se présenta; je fis un cri. Mes conducteurs disparurent, et l'homme masqué me prit par le bras, et me fit monter avec lui au premier étage. A peine eus-je mis le pied dans l'appartement, qu'il se démasqua, et je vis en cet individu, qui? cet inconnu, comme vous pensez bien. Je vous assure que j'étais loin de supposer qu'il s'y serait pris de cette manière, puisque, de bonne foi, je me croyais oubliée. De plus, je ne me croyais pas des attraits faits pour provoquer un enlèvement... Par exemple, je fus dans une extrême douleur de me voir entre les mains d'un homme qui devait difficilement se désister de sa proie, puisqu'il avait pris la résolution de s'en emparer de la sorte. En grâce, lui dis-je, monsieur, et dans une émotion bien facile à concevoir... apprenez-moi ce que vous voulez faire de ma per-

sonne. Ma belle dame, me dit-il
tout transporté, je vous idolâtre, et
c'est assez vous dire que je ne veux
plus consentir qu'un autre vous pos-
sède. Je risque tout pour être votre
amant, et je mourrai plutôt que de
vous quitter. Mais, lui demandai-
je, votre intention est-elle de me
tenir toujours esclave ici ?—Si vous
m'aimiez bien sincèrement, vous
seriez entièrement libre dès aujour-
d'hui,... et dans le cas contraire,
je suis donc forcé...—Vous vous y
prenez mal... car je pourrais vous
tromper par la seule raison que
vous me donnez,... puisqu'il s'agit
de ma liberté. Et en tous points
vous avez fort mal agi. — Je ne

pouvais agir autrement, madame;
je vous le déclare dans toute ma
franchise. — Comme vous êtes ici le
plus fort, voilà sans doute pourquoi vous vous déclarez si ouver-
tement. Ailleurs, vous avez singu-
lièrement manqué de cette franchise
dont vous vous vantez maintenant.
Par exemple, monsieur, vous m'a-
vez dit, lors de mes refus, que vous
respectiez ma fatale volonté, que
vous ne vous offririez plus à ma vue,
que vous alliez souffrir dans le silence, que peut-être vous quitteriez
Paris. Et ce n'était point là de la
franchise. — Pardon si j'ai pu, si
j'ai osé me conduire d'une manière
si opposée à mes promesses; mais

il faut que vous sachiez, madame,
que je suis dans une position à ne
savoir que faire de moi, si je ne
m'attache pas à une femme aimable
Vos grâces, votre esprit, cette douceur qui vous caractérisent d'abord,
tout cela m'a touché, séduit, transporté d'amour; et, puisqu'il se pré-
sentait des obstacles, j'ai dû faire
tout pour parvenir au bonheur auquel j'aspirais! — Quand je dirais
que vous êtes ici d'une franchise ex-
traordinaire, je ne dirais rien de
trop... Mais pensez-vous, du reste,
que tout cela remplisse mon but?
Et n'y aurait-il pas quelque possi-
bilité d'entrer en arrangement avec
vous? — Parlez, madame... — A

votre air il me paraît d'avance que
je vais parler inutilement. Vous avez
tant d'avantages ici;.... car sans
doute cette maison est sous vos ordres? Ce n'est pas celle d'un ami?
— Non, madame. — Vos gens vous
sont bien dévoués? — Oui, madame, et de manière à ce que le premier qui commettrait une indiscré-
tion intentionnelle, le paierait de
sa vie par le fait de ses camarades.
— C'en est à ce point, monsieur?
— Oui, ma belle dame. — Alors
je ne crois pas que je puisse me permettre... — Si, madame. Parlez,
parlez toujours, me dit cet homme
qui commençait à m'épouvanter
passablement. Hé bien, malgré

donc que vous soyez le maître d'y
trouver ou d'y mettre des obstacles, voici ce que je vous propose,
lui dis-je, en prenant autant que
possible le ton de l'assurance : ou-
bliez que vous avez tant de pouvoir
en ce moment, ramenez-moi chez
moi... et je vous promets à ce prix
de vous accorder tout ce que vous
me demandez ici, et de garder toute
ma vie le silence sur l'action que
vous venez de commettre. — Vous
ne tiendriez point parole ? —
Je vous conjure de croire que
je tiendrai parole..... En grâce,
montrez - vous généreux. Prenez
en considération tout ce que je
dois souffrir en faisant une telle

promesse... Monsieur, elle blesse
les mœurs..... et croyez que je
n'en suis pas dénuée , quel que
soit mon état privé.... car sans
doute c'est à cet état que je dois
les tentatives que.... — Ah ! ne
le croyez pas.... Vous auriez été
mariée que cela eût été de même.
—Comment ! que dites-vous , monsieur ? —Rien de plus simple.... Le
mariage eût-il diminué vos attraits ?
— Quoi ! si peu de scrupules ? —
Hé , croyez-vous qu'un amour aussi
ardent que celui que je ressens pour
vous , va s'assujétir à des scrupules ?

Je vis dans cette réponse que
j'avais affaire à un débauché effréné.
Celle qu'il m'avait faite à l'égard

de ses domestiques m'avait causé assez de craintes ; et actuellement j'avais toute raison pour appréhender de me voir à la disposition d'un être abominable. Et cette appréhension ne fut que trop juste ; car cet homme était un scélérat dans toute la force de l'expression. Mon histoire ne sera pas longue ; et vous aurez la preuve la plus parfaite de ce que je vous dis à l'égard de ce misérable, duquel le nom ne m'a jamais été connu.

Hé bien, monsieur, repris-je,... lorsque je vous jure.... Je n'ai nulle confiance dans votre promesse, me dit-il en m'interrompant vivement. — Mais, pourtant, je ne puis rester éternellement ici ?... De plus, un ravisseur aime trop fort pour aimer long-temps... — Moi, je fais exception à la règle. Allons, lui dis-je, quoique j'étais intérieurement dans une situation bien critique ; allons, lui dis-je, en voulant prendre la chose d'un ton radouci,... conduisez-moi à ma porte, je vous recevrai demain ; j'évincerai celui qui vous fait ombrage..... — Vous me tromperiez. — Non, non, encore une fois non. En grâce, cessez cette mauvaise plaisanterie. Je vous le répète, monsieur, vous ne m'aimeriez pas long-temps, votre

conduite l'atteste suffisamment. Et
puisque je vous offre les mêmes
avantages chez moi, pourquoi me
compromettre par une disparition
qui va occasionner des recherches
sans nombre ?... et puis, en suppo-
sant que vous soyez constant dans
votre amour, en pareille conjoncture, ma maison vaut bien la vôtre.
De plus, combien n'auriez-vous pas
de regrets de me voir dépérir sous
vos yeux ? Ah ! monsieur, la liberté
est notre élément à tous ; elle est un
des principes les plus précieux de
la vie. — Vous avez beau dire ;....
définitivement je vous adore ici,
et n'ai pas envie de vous adorer
ailleurs ; et sur cela ma volonté

est bien prononcée. Il acheva ces
mots avec un certain air de maître, que je feignis encore assez
courageusement de ne pas aper-
cevoir. Vous jugez de l'état de mon
âme, alors. J'aimais sincèrement
M. Dubourg, et je le devais; je le
regardais et l'avais sans cesse regardé comme l'ami que le ciel m'a-
vait envoyé; et je frémissais à l'i-
dée de mériter ses mépris. Ainsi
donc, qu'allait-il penser de mon
absence? D'abord l'inquiétude allait
le porter à de grandes recherches;... ensuite un soupçon défa-
vorable pouvait enfin triompher de
ses craintes, s'il n'apprenait rien
de funeste; s'il n'apprenait rien,

absolument rien. Il pouvait bien croire que, pour empêcher toutes préventions contre moi, j'aurais fait volontiers le sacrifice d'un joli mobilier, de quelques centaines de pièces d'or que j'avais dans mon secrétaire, d'une élégante garde-robe;.... peut-être me trompais-je sur ce qu'il en adviendrait dans l'esprit de M. Dubourg; mais je n'étais pas maîtresse de mes idées dans cette pénible circonstance. Hé bien, dis-je à cet homme hardi et lâche en même temps, puis en m'efforçant de sourire quelque peu,..... vous allez consentir à établir ce que vous appelez votre bonheur sur des bases plus convenables,

n'est-il pas vrai ?.... Vous venez de
voir, je viens de vous prouver que
vous pouvez me donner d'autres
garanties de votre amour..... Non,
s'écria-t-il alors, non, et du ton
d'un homme impatienté ; et il me
serra tout aussitôt dans ses bras
avec une violence extrême. Je me
jetai aux pieds du lâche en me dé-
battant ; il me releva plus furieux
encore, et fit succéder à ses prières
toutes les menaces que le dépit fait
sortir de la bouche d'un scélérat
dont on repousse obstinément les
désirs. Voyant que les paroles ne
suffisaient point, que fit-il ? il me
repoussa à quelques pas de lui, saisit
un pistolet, revint à moi, et me l'ap-

pliquant sur la poitrine, il me dit
que c'en est fait de moi, si j'ose
résister. Quel affreux état était le
mien ! J'éprouvais un tremblement
universel. Avec quel brigand me
voyais-je !... J'étais meurtrie par
les effets de mes résistances ; j'étais
baignée de larmes ; j'étais mourante
de fureur et de désespoir ; et l'infâme n'en consomma pas moins
ses frénétiques et trop affreux dé-
sirs ! Tu es à moi, osa-t-il me dire
lorsque sa rage fut assouvie. O
honte ! il est impossible, madame,
que je trouve des expressions pour
vous peindre ma cruelle position
dans ces momens. Tout ce que je
puis dire, c'est que je crois qu'il est

de certaines punitions , de certains
supplices infligés à des criminels,
qui les font bien moins souffrir que
je souffrais alors..... Calme-toi ,
ajouta-t-il , ton désespoir est un
enfantillage. Je t'aime ; tu es la
seule femme qui me convienne ,
et je veux que tu ne me quittes
plus..... Que ce séjour ne t'épou-
vante pas , tu en sortiras ;... mais
je ne puis te fixer l'époque... Il faut
que tu te regardes ici comme un
second moi-même ; j'ai de grandes
confidences à te faire... Je sais que
j'exige beaucoup de toi ; mais tu ne
te repentiras pas de tes sacrifices.
En outre , je veux par mes soins,
mes attentions multipliées , te faire

oublier cette solitude où des rai-
sons que tu sauras bientôt, m'obli-
gent de te retenir. Ne pleure donc
pas, encore une fois, tu n'y resteras
pas éternellement. Et je ne te demande, en retour de tant d'amour
et d'empressement, que ta discrétion;.... et plus de résistances inutiles. Adieu, jusqu'à demain. Je vais
donner des ordres pour qu'on t'o-
béisse ; tu pourras donc comman-
der à mes gens. Hormis ta liberté,
et les moyens de te détruire toi-
même, si toutefois tu étais assez
folle pour en avoir la pensée, ils
te donneront tout ce que tu leur
demanderas; bien attendu que tu
ne leur demanderas pas l'impossi-

ble ;.... et, en terminant ce beau
discours, il m'embrassa et sortit.

Quelle nuit je passai ! Qu'avais-je
donc fait ? quelles fautes énormes
avais-je donc commises pour être
ainsi traitée ? Mais, que dis-je ? faut-
il être coupable pour être malheureux ? Maudit soit le moment qui
m'a fait rencontrer dans la société
l'homme dont je vous parle ! Ah !
madame, si je voulais mourir, je
n'aurais qu'à me représenter sans
cesse ce qui a eu lieu dans cette
maison qu'il me serait bien impossible de jamais indiquer. J'y ai
versé bien des larmes ; mais elles
n'étaient pas toutes sur mon compte
seulement.... Et..... Mais c'est le

cas de dire comme dans un roman :
N'anticipons pas....

Dès que le maître de cette maison se fut retiré, je vis paraître des
domestiques, ou plutôt mes gar-
diens. Femmes et hommes étaient
masqués ; cette précaution m'ef-
fraya. Je leur demandai s'ils seraient toujours ainsi cachés à ma
connaissance, ils ne me répondi-
rent pas. Si je demandais telle ou
telle autre chose, ils me l'appor-
taient, mais sans parler. Ces gens
ont toujours gardé le même silence
vis-à-vis de moi. Comme il me l'a-
vait dit, mon odieux possesseur revint le lendemain. Il se présenta à
moi avec tout l'empressement d'un

amant passionné. Je ne crus pas
devoir l'irriter par de trop visibles
dédains ; l'obéissance ou la mort me
semblait être la seule alternative
qui me restait. Il fut ravi de ma résolution apparente.

Vous saurez que tout ce qui
m'entourait était fastueux. Je visi-
tai avec lui les appartemens ; ils
étaient d'une grande magnificence.
Je vis aussi beaucoup de tableaux,
une galerie choisie, où j'aurais,
dans toute autre circonstance, ad-
miré avec le plus grand plaisir les
chefs-d'œuvre qu'elle contenait.
Vous ne recevrez sans doute plus
personne ici,..... lui demandai-je ?
Si, me répondit-il ;..... mais tout

est prévu ; tu seras ailleurs lorsque
j'aurai à recevoir ; ce qui me serait
fort impossible de ne point faire
ici. — Où serai-je donc ? — Ne
t'inquiète pas ;... et, pour me rassurer, il me pressa contre son cœur
en m'embrassant. Quelles affreuses
caresses que celles d'un malfaiteur !

Il restait rarement la nuit dans
cette maison, mais il y venait presque tous les jours. Le service pour
moi ainsi que pour lui vis-à-vis de
moi, se faisait toujours par des gens
masqués. Tout le temps que j'ai été
chez lui, je n'ai jamais vu d'autre
visage que le sien. Quelquefois il se
masquait aussi. Tous ces masques

étaient noirs, et se ressemblaient
parfaitement.

Il y avait près d'un mois que j'é-
tais en la possession de cet homme,
lorsqu'un matin il vint déjeûner
avec moi, ou plutôt déjeûner tout
seul ; car je pouvais à peine entreprendre de faire un repas, tant j'a-
vais de chagrins. Lorsqu'il vint,
dis-je, pour me tenir immédiatement après ce discours que je fus
réduite à entendre sans oser faire
la moindre observation :

« Ecoute bien, ma belle amie,
il faut t'apprendre que je fus le plus
malheureux des époux, et que je suis
le père le plus mal récompensé qu'on
puisse voir. C'est pourquoi j'ai cher-

ché une amie pour me consoler.
Ne me juge donc pas par mes violences envers toi , tes refus seuls les
ont occasionnées. Il fallait que je
parvinsse à m'associer une femme,
soit de bon gré, soit de force; et,
dans ce dernier cas, je me suis promis de mériter mon pardon.

Resté veuf depuis dix-huit ans;
je puis bien dire que j'ai sacrifié
mon repos à ma fille, seul fruit de
ma triste union, afin de lui trouver
un parti selon mes vues. Le succès
allait couronner tant de sacrifices
et de soins ; mais, en un seul moment, tout le fruit de mes peines a
été cruellement détruit par une
fausse générosité de la part de celui

2. 5

qui pouvait sans doute se sentir en-
traîné par les qualités de ma fille,
mais à qui j'avais inspiré une si
haute considération, qu'il pouvait,
par cela même, être désireux de
devenir mon gendre.

Le désistement de ce jeune homme, en faveur d'un rival dont il
vient de se déclarer l'inséparable
ami, est le plus sanglant outrage
qu'il ait pu faire à ma fierté, puisqu'il m'a exposé aux sarcasmes des
hommes qui s'étaient déjà montrés
jaloux de mes succès à l'égard de
l'honorable alliance que j'allais
former. Mes titres assurément pouvaient me donner droit à cette
alliance ; mais ce n'est pas tou-

jours en raison de la justice qui
leur est due, que les hommes se
voient placés dans le monde!

Ma fille, cette fille que je ché-
rissais si tendrement, et que j'aime
encore... pourtant... ma fille, dis-
je, est devenue alors audacieuse et
rebelle; elle a été inflexible à mes
prières, à mes touchantes représen-
tations; que dis-je? elle les a mé-
prisées. A Dieu ne plaise que ma
vengeance frappe directement sur
cette fille bien coupable!... Jamais,
non, jamais elle ne portera les marques de mon ressentiment, quelque
juste qu'il soit! Je prétends même
pouvoir allier ma vengeance avec
ce reste d'amour paternel que je ne

puis vaincre... Mais j'en ai fait le serment, et jamais je ne m'en ré-tracterai ; oui, les deux hommes qui ont si fort pris à tâche de blesser, d'offenser mon orgueil, me doivent tout leur sang. Cette résolution t'é-pouvante, je le vois; mais sache bien qu'un homme ne doit pas lais-ser impunies de telles atteintes por-tées à sa dignité. Mes insolens en-nemis ne peuvent donc pas m'é-chapper. Malgré moi, mon orgueil, cet orgueil dont je n'ai pas encore été le maître, se soulève, s'irrite à tout moment contre eux. Mes es-pérances ont été trop honteusement déçues ; ma louable ambition, trop mal appréciée par ma fille, de la-

quelle il m'est affreux de déplorer
à chaque heure de ma vie l'indigne ingratitude ! Et ceux-là qui l'ont
encouragée à méconnaître ses devoirs, porteront tout le poids de
mes fureurs. Quand je pense que la
seule enfant que j'avais, et sur qui
j'avais fondé ma consolation, mon
plus parfait bonheur, serait aujour-
d'hui si éminemment élevée, crois-
tu que je puisse être paisible spec-
tateur de ce qu'elle ose appeler sa
félicité ?... Entra-t-il jamais dans
ma pensée de la former pour les
tristes penchans de ces âmes com-
munes ? Pouvait-il entrer dans mes
vues de me laisser aller à ces impul-
sions qui, dit-on, doivent guider les

pères et les mères en faveur de
leurs enfans... Comme s'il n'était
pas plus important de veiller à
leur procurer un état, un rang,
appuyés sur ce qu'il y a de véritablement noble, de véritablement
grand. Comme s'il n'était pas évi-
dent que ce qui jette le plus d'éclat,
acquiert le plus de considération
parmi les hommes; car enfin qui
fait supposer un grand crédit? qui
attire toute la confiance, si ce n'est
la hauteur des rangs, l'éminence
des emplois? Ceux qui sont placés
tout au bas des grandes fortunes,
quand ils les dédaignent, c'est parce qu'ils se voient dans l'impossibilité de les atteindre; et c'est là que

la philosophie vient faire des sien-
nes, et se montrer forte de sa misérable indépendance.

Je veux d'abord séparer ma fille
d'avec son mari. Je sais que j'ai
consenti très - volontairement à
l'unir avec lui ; mais c'est bien le
dépit , c'est bien un fier courroux, soigneusement dissimulé,
qui m'ont porté à ce consentement, parce que je l'ai jugé comme
la source salutaire de mes premières
vengeances... Mais avant cette entreprise, il faut que tu me jures de
me rendre les services que je sais
qu'il est en ton pouvoir de me rendre en cette conjoncture. Ne crains
rien pour ta vie, ne crains rien

même pour ton repos. Abandonne-toi entièrement à moi, et cette marque d'une confiance sans limites te donnera des droits éternels à ma reconnaissance et à mon amour. Jure donc...

Vous faites-vous bien une idée de ma situation ? Si je gardais le silence, je devenais suspecte à cet homme qui savait bien jusqu'à quel point il m'engageait par les aveux qu'il venait de me faire... C'était une manière de se rendre redoutable vis-à-vis de moi. Il était donc convaincu que j'aurais tremblé de prononcer nettement un refus. Hélas! quoi qu'il en fût, mon cœur me dicta cette réponse, et elle ne pou-

vait l'irriter : Je jure de faire tout
ce que vous me demanderez, hormis de porter un coup meurtrier
sur qui que ce soit. Mais je ne l'eus
pas plus tôt prononcée que je la reconnus trop circonscrite, car on peut
faire autant de mal sans frapper soi-
même, et lorsque je fus seule, j'en ré-
pandis involontairement des pleurs.

Je n'eus donc pas plus tôt juré,
que le malfaiteur me baisa les mains
et la figure, en me disant : Va, sois
tranquille, tu ne tueras personne,
voilà seulement ce qu'il me faut.

Je sais que tu as une fort belle
écriture ; en voici la preuve, me
dit il, en me montrant une lettre
que j'avais écrite à une de mes amies.

pour lui annoncer mon arrivée à
Paris. Je fus stupéfaite de lui voir
cette lettre entre les mains. Je lui
demandai comment il se l'était pro-
curée. Rien de plus facile à expli-
quer, me répondit-il; mais passons
sur cela; dans un temps plus oppor-
tun, je te satisferai à cet égard...
C'est ce qu'il n'a jamais fait. Veuille
donc bien, poursuit-il, me faire
l'amitié de remplir le vide de ce
papier imprimé. Et il me montra
un mandat d'amener par ordre du
préfet de police. Il fallut écrire et
me taire. C'était sa fille que, par
cette ruse, il allait faire enlever
de chez elle; il répondait du suc-

cès, disait-il; rien n'égalait l'habi-
leté de ses affidés.

Bientôt il me chargea de toute
sa grande et active correspondance
avec des agens hors de France.
Quand il avait des explications à
donner, des propositions nouvelles
à faire, j'écrivais.

Je frémissais d'horreur à l'aspect
de cet homme; je ne finirais pas
s'il fallait entrer dans tous les détails de cette odieuse correspondance. Tout ce que je vous dirai,
c'est qu'il manqua l'enlèvement de
sa fille, l'assassinat de son gendre
à Paris et en Espagne; assassinat
combiné de manière à en faire toujours suspecter l'ami des deux

époux, qui était, à ce que je pouvais croire, un homme de grande
distinction.

Vous savez que je vous ai dit qu'il
fallait que je disparusse quand il
recevait. Je vous donne à deviner
où je fus reléguée en pareil cas ? Il
me fit descendre un matin avec lui
dans un grand caveau. Mais n'allez
pas croire que ce caveau avait rien
d'épouvantable, vous seriez dans
une grande erreur ; il était élégam-
ment boisé, orné de glaces, de lus-
tres, et meublé avec un goût exquis :
enfin, c'était peut-être un des jolis
boudoirs de Paris ; mais, comme on
dit, il n'est ni belles prisons, ni lai-
des amours.

Ce fut donc là que pendant un
an il tint un conciliabule pour avi-
ser aux moyens d'en venir à ses fins.
Les victimes étaient désignées dans
la correspondance sous des noms
supposés.

Pourtant le ciel permit que de
telles entreprises échouassent par
la seule maladresse de cette espèce
de tyran qui les avait imaginées.
Mais, avant de vous donner ce dé-
tail, il faut que je vous retrace toute
l'étendue de mes souffrances avec
ce monstre. Je devins mère par
ses œuvres coupables. Combien
alors ne chercha-t-il pas, au nom
de l'enfant que je portais, à m'en-
courager à le servir! Lorsque mes

larmes coulaient sur le papier, que
ma main tremblante chargeait d'affreuses instructions, Songe, me
disait-il, au sort de ton enfant. Si
tu te rends incapable de m'être
utile contre mes ennemis, de la
manière dont j'ai senti la nécessité
de t'employer ; si enfin tu t'avises
de mourir de chagrin, ma tendresse
pour lui ne sera point durable. Maintenant les enfans me paraîtront toujours ingrats ; et l'ingratitude me
fait horreur.

La nature, qui ne doit jamais
perdre ses droits, quelles que soient
les circonstances où les femmes se
trouvent, ne pouvait me faire haïr
la créature innocente que je por-

tais, parce qu'elle avait un scélérat
pour père; ma première pensée fut
donc que ce serait moi qui la nour-
rirais, et cette pensée, je la lui com-
muniquai; mais il me dit le plus
tendrement possible, qu'il fallait
renoncer à cette jouissance mater-
nelle, mais qu'il m'en dédomma-
gerait par ses soins, son amour pour
moi et pour mon enfant, qui ne
pouvait, disait-il, être élevé sous le
même toit qui me cachait à la société pour un temps qu'il ne pouvait
encore précisément limiter. Telle
fut d'abord la raison qu'il me donna. Sa cruelle volonté de me priver
de mon enfant me jeta dans une
douleur à laquelle il feignit d'être

extrêmement sensible ; et, quand je
le suppliai de me laisser seulement
le temps nécessaire pour allaiter cet
enfant , il me promit de réfléchir
à cette proposition que je lui fai-
sais ; mais ce qu'il promettait n'était
que pour gagner du temps , car les
mois s'écoulèrent dans l'incertitude
sur sa résolution , et dans mes cons-
tantes prières à cet égard. Et mon
terme arriva.

Au milieu des douleurs de l'en-
fantement, je le suppliai de nouveau ; il me serra seulement dans
ses bras, en me suppliant à son
tour de mettre entièrement ma
confiance en lui. Mais cela suffi-
sait-il pour me convaincre de ses

bonnes intentions? Vous devinez
assez tout ce que mon inquiétude
me faisait souffrir.

Je fus assistée dans le moment
de mon accouchement par un des
hommes masqués , lequel s'entendait fort bien à cette sorte de pra-
tique. Les plus grands soins me
furent prodigués. Enfin, je mis
au monde une petite fille que son
père m'apporta lui - même après
que je l'eus demandée plusieurs
fois, et en pleurant amèrement. Il
est certain qu'il avait l'intention de
me la dérober aussitôt; mais l'avis
de son affidé, médecin-accoucheur,
qui lui parla en particulier, préva-
lut alors. Les deux femmes mas-

quées qui étaient auprès de moi, et
qui gardaient, selon la coutume
observée dans ce repaire, le plus
profond silence, sanglotaient. Lorsque j'eus ma fille dans mes bras,
je la couvris de baisers, et mes
larmes redoublèrent. Tous les domestiques qui m'entouraient me
semblaient être, à leur contenance,
touchés de ma situation. Hélas! ils
me semblaient ainsi par le désir
que j'en avais. Il fut donc décidé
que je garderais mon enfant trois
jours seulement.... Alors je me
calmai un peu dans l'espérance
de fléchir à force de larmes et de
supplications le barbare qui m'af-
fligeait ainsi, ou de gagner quel-

ques-uns de ceux dont javais cru un moment attirer la pitié. Mais ce n'était qu'une précaution que l'on prenait par rapport à la fièvre de lait, dont on craignait probablement les suites fâcheuses en me livrant au désespoir. Mon cruel ennemi avait trop besoin de ma plume; selon lui, aucun des êtres qui le servaient n'était capable de me remplacer sous ce rapport; et j'étais en même temps la personne qu'il pouvait le plus facilement sacrifier dans cette conjoncture. Et puis, il l'avait dit: il fallait qu'il s'associât une femme soit de bon gré, soit de force; et j'étais l'objet de la sorte de passion qu'il avait

conçue. Quelle terrible chose pour
une femme que l'amour d'un scélérat! Non, jamais de ma vie, se-
rait-elle bien long-temps prolon-
gée, je n'oublierai les huit jours
dont je vais vous parler.

Lorsqu'il me fut permis d'avoir
mon enfant auprès de moi, je lui
donnai mes soins. Plus je la regardais, plus je me sentais émue... Je
ne savais qu'imaginer pour gagner
mon persécuteur : je mavisai, tout
informes qu'étaient les traits de
cette enfant, de lui dire qu'elle avait
avec lui une ressemblance parfaite.
A ces mots, il la regarda attenti-
vement, et la montra à son monde
qui lui fit un signe approbatif. Alors

il lui donna un baiser, et me la ren-
dit en me disant : Sois tranquille ,
nous la rendrons bien heureuse.
Ecoutez, lui dis-je aussitôt, je
consens à ne jamais sortir d'ici s'il
le faut; à ne jamais vous importu-
ner de cette demande, si vous me
permettez de la garder seulement
pendant un an. Hélas! en parlant
ainsi, je me berçais de l'idée que
dans cet espace de temps il serait
possible que mon triste sort chan-
geât. Et j'osai même ajouter, en
me faisant une violence inexpri-
mable, Cela m'attachera bien plus
encore à vous.... Mais mon ennemi resta dans le silence, et se retira sans me laisser entrevoir rien

de consolant ; aussi, quand il revint
le lendemain, j'avais une fièvre
violente : je tenais toujours mon
enfant dans mes bras; et, malgré
mon agitation, je ne m'occupais
que d'elle : je voulais lui donner à
boire moi-même. Voyant alors que
mon état n'était point rassurant ,
chose de laquelle il fut convaincu
par l'assertion de l'homme qui
me soignait, il me dit que je ces-
sasse de m'inquiéter; que je garderais mon enfant. A ces paroles,
je le regardai fixement; il me ré-
péta sa promesse comme si je ne
l'avais pas bien entendue. Et moi,
dans mon transport de joie, je mé-
lançai hors du lit, et me jetai à

ses pieds pour le remercier. Ce mouvement de reconnaissance fut si prompt, que personne ne sachant ce que je voulais faire, n'avait songé à m'arrêter. Le père de mon enfant fut alors comme vaincu ; et, en m'embrassant, il me remit dans mon lit. Dans le cours de la journée, la fièvre fut tout-à-fait apaisée ; et à dix heures du soir je fus en état d'allaiter ma fille. Oui, je puis bien dire que, dans mon étrange position, j'étais au comble de la joie. Pourtant celui qui l'avait occasionée me quitta tout pensif, et, j'ajouterai, assez tristement ; mais j'y fis peu d'attention. Et la nuit qui suivit cette victoire

que je remportai sur cette âme per-
verse, je goûtai quelque repos dont
j'avais tant besoin.

Mais, ô mon Dieu! dans quel
état je fus, lorsqu'à la pointe du
jour je m'éveillai, et ne retrouvai
plus mon enfant à coté de moi!
Mes larmes, mes prières, mes cris,
ne touchent personne de ceux qui
m'entourent; alors je ne vois pas
de femmes auprès de moi, le silence opiniâtre de ces vils serviteurs ne peut être rompu; alors,
furieuse, je veux m'élancer de
mon lit; mais pour cette fois on
m'y retient, et je suis en proie à
des transports qui causent une
alarme si vive, qu'ils font accourir

près de moi, qui?... mon bourreau me rendant mon enfant, me
donnant les noms les plus tendres,
me demandant pardon et me conjurant de m'apaiser. Mais je n'a-
vais plus de voix; mes yeux seuls
exprimaient ma douleur, et surtout l'horreur que m'inspirait cette
infâme tromperie!

Toutefois il me fut possible
de me remettre encore de cette
cruelle secousse. Ah! je puis bien
le dire, c'était à mon enfant que
je devais tant de courage! Et le
lendemain, voici le discours que je
fus obligée d'entendre de la bouche
impie de cet homme astucieux et
barbare. Ce fut par ce discours que

2.

je sus enfin la cause principale qui le portait à m'arracher mon enfant.

« Ma chère amie, osa-t-il donc me dire, maintenant que tu es plus en état de m'écouter, je ne saurais te le répéter assez, ce n'est point un ennemi qu'en cette circons- tance je suis pour toi ; la violence que je viens de te faire m'a coûté plus que tu ne penses ; car surtout je n'aime pas violer ma promesse. Faut-il donc te faire un aveu ?... Hé bien, contre le sentiment natu- rel aux époux et aux amans en gé- néral, je ne puis voir la femme que j'aime allaitant son enfant ; cela répugne à mon amour... Le res-

pect, les attentions, qu'il faut ap-
porter près des mères nourrices,
font fuir la pensée des plaisirs auprès d'elles. Pardonne-moi de t'af-
fliger à ce point; mais mon amour
ne connaît d'autre bonheur que
celui que procurent les grâces et
les charmes de la beauté sans en-
traves. De plus, l'âme d'une femme
est trop partagée dans de pareilles
occasions; et tu ne peux être tout à
moi, si d'autres affections t'occu-
pent; vainement tu voudrais m'en
convaincre. Je te parais fantasque,
je n'en doute pas, à d'autres je paraîtrais peut-être pire; mais je ferais d'inutiles efforts pour penser
et sentir autrement. Ainsi, mon

amie, redoute donc plus que toute chose la perte de mon amour. Si je cesse d'être épris de toi, imman-quablement ma confiance dimi-nuera ; et ce que tu appelles ton esclavage serait plus certain, puis-que je craindrais ta délivrance. Tant que je brûlerai pour toi des mêmes feux, tu pourras espérer un changement favorable à tes dé-sirs, et tu as assez d'attraits pour assurer ton triomphe. Je dois aussi te faire observer que, dans l'état où sont les choses, et pour moi et pour toi, je ne puis te donner à choisir entre la perte de mon amour et la possession entière et constante de ton enfant ; et je

souffre même beaucoup de soup-
çonner que tu ne balancerais pas
en faveur de ce dernier, si tu étais
libre de choisir.... Pourtant ne va
pas croire que je veuille te recom-
mander d'être mauvaise mère....
Mais, dis-moi, crois-tu que ton enfant t'aimera davantage parce que tu
auras sacrifié pour lui ces mêmes
attraits ? Un lait mercenaire lui
sera même plus salutaire que le
tien : il ne faut pas se le dissimuler,
tu as éprouvé, depuis que tu es ici,
des assauts violens, trop violens
pour une femme. Je puis dire pourtant que tu les dois plus à une
délicatesse, à une sensibilité mal
entendues, qu'à moi-même. Hé

bien , crois-tu que ta santé n'en
soit point un peu altérée ? crois-tu
que ton lait vaut celui d'une jeune
et fraîche villageoise qui n'a pas
de soucis ? N'hésite donc plus ; c'est
à de pareils soins qu'il faut con-
fier notre petite fille : tu es assez
raisonnable pour convenir que je
ne puis faire pénétrer ici aucune
personne étrangère ; je ne puis non
plus te conduire chez une nour-
rice ; il faut donc que tu t'en rap-
portes à moi sous tous les rapports.
Prends donc patience , et cède aux
prières d'un ami qui saura bien te
récompenser de tous les sacrifices
que tu auras faits pour lui. Allons !
sois un peu courageuse. Il est beau-

coup d'espèces de philosophie ; et
chacun peut avoir la sienne....
Un peu de stoïcisme n'est pas
mauvais pour de certaines choses...
et c'est ce dont tu as grand besoin : tu es imbue d'un peu trop
de petits préjugés ; et cela ne convient point à une femme qui comme
toi a été jetée dans un certain
monde ; mais, puisqu'il en est ainsi,
au moins laisse-toi, je t'en con-
ure, guider par celui qui t'aime
véritablement. »

Lorsqu'il eut achevé cet affreux
discours, je vis bien que je ne ga-
gnerais rien sur lui. Quelle situation ! Comment pouvais-je m'armer
de courage ? Comment pouvais-je

agir de confiance à l'instant qu'il venait de me tromper si lâchement? Quelles que fussent ses promesses, ses protestations, ne devais-je pas toujours craindre qu'au lieu de soigner mon enfant, il ne s'en débarrassât d'une manière quelconque ? Il est vrai que, dans une telle circonstance, il ne pouvait rien faire sans les plus grandes précautions ; qu'il devait s'entourer du voile le plus épais ; il devait toujours redouter que l'affreux laboratoire de ses crimes ne fût découvert.

Mes pleurs coulèrent donc encore avec une nouvelle force ; mais il fallut bien soigneusement cacher toute mon indignation et ma haine

pour ce traître, auquel je ne puis
jamais penser sans terreur. Ah!
comme alors mes yeux étaient at-
tachés sur ma pauvre petite fille !

Pourtant, le croiriez-vous!...
toute désespérée que je devais être
de ne pas le toucher dans ma douleur, je fis encore une autre tentative, que je considérai comme ma
dernière ressource. Voulez-vous,
lui demandai-je, me permettre
d'élever ici mon enfant, sans l'allaiter,... cela ne détruira pas mes fai-
bles attraits?... Hélas! trop vaine
sollicitation! Je perdis encore mon
temps !

Néanmoins, comme cet enfant
devait me rester encore trois jours,

je continuai de lui donner le sein;
mais, le quatrième de mon accouchement, elle devint excessivement
jaune; d'abord du visage, et bientôt
par tout le corps. Elle avait donc une
jaunisse complète, suite funeste des
assauts qui m'avaient été livrés. Je
croyais avoir le même mal, mais il
n'en était rien. L'état de l'enfant
devait nécessairement faire ajour-
ner notre cruelle séparation. Je ne
cessai de lui prodiguer mes soins;
mais, hélas! pour bien peu de jours,
car le huitième de sa naissance, elle
mourut dans mes bras, toute baignée de mes pleurs... Qu'allons-
nous faire, dis-je alors?.... Où dé-
poser le cadavre de cette pauvre

enfant?Hébien, me répond l'homme odieux, en feignant d'être at-
tendri, car je ne croirai jamais qu'il
le fût, dans l'endroit le plus profond
d'une des caves... Où voudrais-
tu que nous le missions?... Ainsi,
m'écriai-je, elle ne reposera pas,
cette innocente créature, dans une
terre respectée ! Notez qu'en parlant ainsi, je tenais, pressé sur mon
cœur, ce corps déjà tout glacé...
Cela vous étonne d'après ce que je
vous ai paru jusqu'à ce moment :
c'est tout simplement, madame,
que je veux m'étourdir sur le passé.
Eh ! me dit-il, ma bonne amie,
toute la terre n'est-elle pas la terre
de Dieu, et toute la terre n'est-elle

pas respectée ?... Vous n'avez donc
pas de religion, lui demandai-je?
Vous ne croyez donc à rien de ce
qui nous est appris ? — Non, pour
l'instant; mais peut-être que, quand
mes organes seront affaiblis, je croirai tout ce qu'on voudra. — Mais
vous croyez en Dieu, puisque vous
venez d'en parler. — Oui. — Et aux
punitions éternelles, y croyez-vous ?
— Non, et j'ai cela de commun avec
de grands philosophes que je n'aime
pas. Allons! dis-je, en me levant
de dessus mon siége, car alors je
n'étais plus alitée, venez donc avec
moi; je veux enterrer mon enfant
moi-même. — Quoi ?... — Oui, je
veux l'enterrer moi-même. — D'ac-

cord... mais pourquoi redoubler
ton chagrin par cette action ? Toute
louable, toute belle qu'elle soit, tu
devrais au moins ménager.... —
Laissez-moi faire ; c'est un devoir
pieux qui convient à ma douleur.
— Hé bien, je vais te suivre, et le
remplir avec toi : et nous descen-
dîmes dans une des caves. Deux domestiques y vinrent avec nous, creu-
sèrent la fosse, et j'y déposai mon
enfant, enfermée dans un petit cof-
fre que son indigne père s'était pro-
curé ; ensuite je m'agenouillai. Hélas ! j'étais plus tremblante que la
feuille d'automne... Je m'agenouillai et je priai. Tout aussitôt je vis les
deux domestiques faire comme moi,

et leur maître, à ma droite, poser
un genou en terre, et rester la tête
appuyée sur la main qu'il avait ap-
pliquée sur ce genou, jusqu'à ce que
je me retirasse du bord de cette fosse
où je restai dans le silence environ
une heure. Rentrée dans ma prison,
car pouvais-je appeler autrement le
lieu que j'habitais ? je continuai à
garder le même silence jusqu'au lendemain à pareille heure. L'auteur
de tant de souffrances s'y était con-
formé lui-même avec une sorte de
condescendance respectueuse. Mais
le jour suivant il fallut prêter mon
ministère accoutumé ; des nouvelles
d'Espagne étaient arrivées ;... mais,
ainsi que je vous l'ai dit, le ciel per-

mit enfin que ces abominables entreprises échouassent par la maladresse de celui qui les avait inven-
tées. Vous saurez donc qu'il avait
égaré les instructions dont ses agens
lui avaient fait part. Rien n'égalait
ses inquiétudes, ses agitations; je
feignis de partager sa méprisable
désolation; il me crut sincère, et
bien m'en a valu. Je lui recomman-
dai de bien feuilleter jusqu'à ses
moindres papiers, ce qu'il fit; mais
en vain. Peu de jours après il vint
me dire que son valet-de-chambre
l'avait quitté sans l'en avoir prévenu,
et qu'il avait de terribles soupçons;
et sa rage fut extrême quand il re-
çut une lettre de sa fille, qui lui

annonçait que de si belles instructions venaient de parvenir à leur
heureuse et dernière destination.
Comme j'étais soulagée ! Quelle satisfaction j'éprouvai au fond de
mon cœur, de ce qui arrivait si à
propos ! Qu'allait-il faire actuellement ? Il était aux abois ; mais enfin,
tournant toutes ses fureurs contre
celui qu'on appelait le *grand ami*,
il s'ingéra de ne plus rien entreprendre que contre lui.

Il y avait donc un an que je lan-
guissais, que j'étais accablée de
crainte à chaque instant de ma vie,
que je croyais toujours être à la
veille de perdre avec un tel homme,
quoi qu'il pouvait me dire, quand il

disparut tout à coup. Il me laissa ses adieux écrits de la main d'un de ses affidés; il me dit seulement que je serais instruite de ses intentions sur mon sort par un de ses plus zélés serviteurs.

Quelle nuit pour moi que celle qui suivit la fuite de cet homme! Quels étaient donc les ordres qu'il avait donnés à mon égard? Ma vie ou ma liberté allaient sans doute être compromise. Il est impossible, me disais-je, que s'il me laisse vivre, il ne me prive pas de ma liberté, car il peut redouter mes déclarations, puisque malgré qu'il avait été fort soigneux de me cacher son nom, j'avais été suffisamment dans

ses confidences; je savais que sa
fille se nommait Eléonore, son
gendre, Edmon, et le grand ami,
Henri de Waldeck. Il fallait me ré-
signer à tout ce qui pouvait m'arriver.

Le lendemain, son digne fondé
de pouvoirs vint donc me trouver.
C'était encore un visage masqué.
Madame, me dit-il, je viens remplir les ordres de mon maître; il
est parti pour long-temps,.. et il ne
veut pas que vous soyez exposée,
ni lui non plus... Vous entendez
déjà ce que cela veut dire. Vous
serez donc transportée, cette nuit
même, dans une autre demeure où
vous serez traitée avec tous les

égards possibles ; on pourvoira à
tout. L'intention de mon maître
n'est pas que vous soyez privée de
la moindre chose en son absence.
Il m'a bien recommandé d'ailleurs
de vous conserver pour lui, car il
reviendra. Si pourtant il mourait
dans ses voyages ou à son retour,
vous seriez libre. Ainsi, madame,
vous voilà prévenue des intentions
de mon maître ; je vous jure que
j'observerai très-religieusement toutes ses volontés à votre égard, et
que je mettrai tous mes soins à vous
être agréable. Quant à moi, en cas de
mort, j'ai mon successeur tout prêt.
Un peu avant minuit, je viendrai
donc vous chercher. Vous voudrez

bien permettre que l'on prenne pour
vous faire sortir d'ici les mêmes
précautions qui ont été prises lorsque vous y êtes entrée.

Et cet homme, à qui je n'eus pas
la force de parler, s'en alla sans
attendre ma réponse. Je n'omettrai
pas que, malgré les précautions qui
avaient été prises pour m'en empêcher, je crus voir dans ce même
homme celui qui m'avait accou-
chée.

En effet, à minuit, je montai dans
une espèce de berline ; et, en une
heure environ, nous arrivâmes
dans une autre maison dans laquelle
entra la berline. Je fus conduite à
un premier étage, et remise entre

les mains de deux femmes, pour
cette fois non masquées. Croiriez-
vous que j'en ressentis une sorte de
satisfaction ? Il y avait un an que
je n'avais vu un visage nu, sinon
celui de mon indigne geolier. Ces
femmes s'empressèrent autour de
moi, me promirent de me rendre
agréable ma solitude. Elles étaient
toutes deux de trente-six à quarante
ans, d'une figure assez douce, et je
les trouvai superbes en raison de ce
que je n'avais cessé de voir depuis
un an. Elles furent enchantées de
l'accueil que je leur fis ; et je vous
avoue que, toute esclave que j'allais être encore, je sentis pour un
moment, mais un moment qui passa

bien vite, un peu moins d'horreur
de ma position. Je pleurai beaucoup; elles en furent attendries.
Il n'en fut pas de même de l'homme
duquel nous allions dépendre toutes trois. Il était très-froid à l'égard
de tout cela; le malheureux obéis-
sait sans pitié.

Le lendemain je descendis au jardin. Aucune maison n'avoisinait
celle où je venais d'être reléguée;
les murs du jardin étaient très-
élevés; ce jardin était spacieux et
très-abondant en arbres, en fleurs
et en fruits. J'y respirai avec plaisir;
car dans l'autre maison il n'y avait
rien de semblable. Mais tout cela ne
me toucha pas long-temps : au bout

d'un mois ma douleur, mes chagrins l'emportèrent, et je fis une
maladie très-dangereuse. Mais qui
me soigna? l'homme masqué; car
je ne dois pas oublier de vous
dire qu'il ne cessa de l'être vis-
à-vis de moi. Il est impossible, je
crois, d'être un plus habile médecin;
il préparait lui-même tous les médi-
camens : ses ordres furent ponctuel-
ment suivis; et, avec l'assistance du
ciel, il me sauva. Je ne doutai plus
alors que cet homme ne fût celui
que j'avais cru reconnaître. Ma con-
valescence dura deux mois. L'air
pur que je respirais ne contribua
pas peu à me rétablir. Mais ma liberté, hélas! ma liberté, qui me la

rendra, m'écriais-je jour et nuit?
Certes, ce ne sera pas l'homme que
mon infâme persécuteur, et en même
temps celui des autres, a placé auprès de moi. Ce ne seront pas les
femmes qui me servent, et qui sont
subordonnées à ce même homme...
Je me tourmentais pour inventer
un moyen d'évasion ; j'avais beau
rouler mille projets dans ma pensée,
aucun ne me semblait praticable.
Que je souffrais !... et que n'aurais-
je pas souffert encore sans l'accident
qui est survenu !

Peu de temps après mon rétablissement, une nuit que nous
étions tous livrés au sommeil, car
je dormais par hasard cette nuit,

je fus réveillée en sursaut par des
cris aigus suivis de ceux : au feu !
Je m'élançai hors de mon lit ; les
cris partaient de la chambre de
mon nouveau geôlier ; mais il fut
bien impossible d'en approcher,
la fumée me repoussa ; j'appelai
les deux femmes en question : elles
furent saisies de peur. Le feu gagna
promptement les chambres voi-
sines ; nous nous précipitâmes
toutes trois dans le jardin ; l'homme
avait les clefs sous son chevet,
comment aurions-nous pu les lui
prendre ? nos cris pourraient-ils
nous procurer des secours ? la
maison était trop à l'écart ; qu'allions nous devenir ! L'homme ne

poussait plus de cris ; il était étouffé
dans les flammes qui gagnèrent
bientôt le deuxième étage. Nous
crûmes que c'en était fait ; qu'il
fallait mourir sous les décombres
de la maison, puisque les poutres
s'élançaient jusque dans le jardin ;
mais le sort en décida tout autrement. Les flammes qui s'élevèrent
furent aperçues par les préposés
aux barrières ; les gendarmes ainsi
que les pompiers accoururent et
enfoncèrent les portes ; je m'é-
lançai aussitôt hors de cette maison enflammée, avec les deux femmes, et nous nous trouvâmes toutes
trois au milieu de la bagarre. Ah !
quel bonheur, me dirent-elles ! vous

voilà libre, et nous aussi ; mais je
ne me fiai pas à cette exclamation
qui pouvait peut-être être sincère,
et je les perdis dans la foule qui
s'accrut bientôt, et courus préci-
pitamment dans la première route
qui s'offrit à moi : je n'avais pour
tous vêtemens qu'une robe de
soie, un schall et un petit serre-
tête. J'avais fait au moins une lieue
tantôt en courant, tantôt en marchant, quand le jour commença
à poindre. Tout le long du chemin, je ne cessais de rendre grâces
à Dieu de ma délivrance ; je pleu-
rais de joie, quoiqu'en pensant à ce
grand incendie ; et je souhaitais
ardemment qu'il ne coûtât la vie

à personne. Toutefois je plaignais
beaucoup la fin du misérable qui
servait si bien le criminel qui m'a-
vait confiée à sa garde ; car il n'est
pas de mort plus cruelle que celle
que donne le feu. Cependant, à
travers ma joie, je reconnus un
peu mon embarras; car où étais-
je? où allais-je? je n'avais pas une
seule pièce de monnaie sur moi;
et je ne savais pas si j'avais encore beaucoup de chemin à faire
pour entrer dans Paris, quand enfin je rencontrai une laitière à laquelle je m'en informai. Vous êtes,
me dit-elle, sur la route de Neuil-
li. Elle me demanda pourquoi j'é-
tais à la pointe du jour sur une

grande route , attendu que des
dames comme moi dormaient ordinairement à pareille heure. Je
lui répondis que je venais d'é-
chapper à des brigands qui par une
infâme ruse m'avaient enlevée de
chez moi, et m'avaient rendue bien
malheureuse depuis quinze mois.
Mais où allez-vous, me demanda-
t-elle ? A Paris, lui dis-je, pour savoir si je retrouverai mon domicile tel que je l'ai laissé. Mais
vous tournez le dos à la route qui
y mène, reprit-elle ; montez dans
ma charrette , puisque j'y vais ,
nous ferons voyage ensemble...
Et je montai dans la charrette de
cette bonne femme, qui m'interro-

gea beaucoup, et que je satisfis
le mieux qu'il me fut possible,
sans pourtant lui dire au juste mon
aventure. Je lui demandai où elle
s'établissait pour vendre son lait.
Faubourg Saint-Honoré, me dit-elle;
et c'était le quartier même où je de-
meurais. Dès que nous fûmes arrivées, et il était cinq heures du
matin, je voulus me présenter dans
mon domicile, mais pourtant j'attendis encore quelques momens
pour ne pas éveiller toute la maison de si bonne heure. Attendez,
me dit la laitière, qu'au moins le
portier soit levé; et, si vous êtes
dans l'embarras, venez me trouver, et nous repartirons ensemble;

alors chez nous vous aurez le temps de réfléchir au parti que vous aurez à prendre. Ah! combien je fus sensible à l'offre obligeante de cette bonne paysanne. elle vit toute ma reconnaissance, et elle en fut pénétrée de plaisir et d'attendrissement.

Il n'est pas besoin de vous dire à combien de conjectures donna lieu mon changement physique ; l'effet que produisit enfin mon retour. Je ne rendis de compte à personne ; je ne m'avisai de faire aucune déclaration, puisque rien ne transpirait des attentats de mon ravisseur envers ses enfans. Il y avait tant de honte, d'humiliation

dans tout ce qui m'était arrivé depuis quinze mois, que le silence
me convenait beaucoup. Quant à
ce qui concernait les affaires de
ma maison, voici comme elles
avaient été réglées en mon absence :

Le propriétaire avait été chargé
par le juge de paix de l'arrondis-
sement de la garde de tout ce
m'appartenait, personne de ma
famille n'ayant paru, et toutes les
démarches faites pour me retrouver ayant été infructueuses. En
conséquence tout me fut restitué,
et je me vis, en rentrant chez moi,
dans la même position que j'en étais
sortie, relativement à ce que je
possédais en mobilier et en argent.

Je restai livrée plusieurs jours à toutes mes réflexions, afin de savoir de quelle manière je m'arrangerais pour retrouver M. Dubourg, et reparaître chez mes connaissances. Ensuite de cela, comme je me voyais un objet de curiosité pour les gens de la maison où je logeais, et même pour ceux du quartier, je pris le parti de payer et de m'en aller aussitôt loger ailleurs.

Je n'ai pas besoin de vous dire que je n'oubliai pas la bonne laitière : j'allai passer quelque temps chez elle.

Ainsi qu'une bonne fille, une bonne sœur, je me hâtai de m'informer de mes parens : je leur écrivis en

province où ils étaient depuis long-
temps; mais j'appris que depuis un
an ils demeuraient à Paris, et
que n'ayant pas reçu de mes nouvelles avant leur départ, attendu
que j'avais habitude de leur en
donner souvent, ils me croyaient
morte, et ne pensaient plus à moi.
Ma mère était devenue si dévote,
qu'elle disait toujours, quand on
lui parlait de moi : « Dieu a dis-
» posé d'elle ; je prie pour ses
» péchés : je suis au désespoir,
» quand je pense qu'elle est peut-
» être morte sans confession. Mes
» prières seront-elles assez efficaces
» pour la délivrer des peines dues
» à toutes ses iniquités ! O mi-

» séricorde de Dieu! faites que
» son âme n'aille que dans le pur-
» gatoire! » Et, quand on lui de-
mandait ce que j'avais pu faire
pour encourir le courroux du ciel;
quel était le genre de mes iniquités? elle répondait que j'avais été
possédée de deux penchans terribles. Quels étaient donc ces penchans? lui demandait-on. « Celui
» de la parure d'abord, répon-
» dait-elle, et ensuite celui des
» galans. Et, avant cela, elle
» a voulu se faire comédienne. Ma
» pauvre fille! si elle n'est pas
» damnée, j'entrerai bien cer-
» tainement en paradis. » Et si
alors on voulait lui faire entendre

un peu raison, lui donner l'espoir
d'une vie éternelle, un peu moins
malheureuse pour, moi que celle
de rôtir, sans jamais me consu-
mer, dans les fournaises de l'enfer,
elle soutenait que malgré ses fer-
ventes prières, et toutes les réflexions qu'elle pouvait faire, cela
ne pouvait être autrement. Et quoiqu'elle en ressentît une douleur
bien grande, elle ne pouvait se
défendre d'entrer contre les impies
qui soutenaient ma cause, dans ce
qu'elle appelait une sainte colère.

Cette conduite de ma mère à
mon égard me rappelle fort à
propos une anecdote que je ne
puis m'empêcher de vous racon-

ter à l'instant même. Vous allez juger, madame, si ceux qui se disent les vrais, les bons dévots, les dévots par excellence, sont les enfans de prédilection de Dieu, notre père à tous, de Dieu, le plus juste et le meilleur des pères.

Cette anecdote, je la tiens d'une dame qui m'en donna, il y a quelques mois, les détails de la manière suivante :

« Pendant sept ans je fus liée avec
» une femme que sa vie privée,
» ses mœurs pures, sa touchante
» moralité, son commerce à la
» fois aimable et doux, rendaient
» une des personnes les plus res-
» pectables. Elle avait éprouvé de

» grandes peines, et en éprouvait en-
» core, lorsqu'il sembla que je m'of-
» fris à elle, non pour les lui faire
» oublier, mais pour les adoucir
» de beaucoup par une intimité qui
» allait ressembler à celle qui existe
» entre une mère et sa fille. Cette
» amie était de bon conseil, elle ne
» faisait point le bel esprit, ne se
» vantait point d'en avoir même
» quelque peu... Elle se croyait seu-
» lement le bon sens, et ne se trom-
» pait point à cet égard. Elle avait
» un certain tact à juger son monde.
» L'essentielle vérité était une chez
» elle, et rien n'égalait sa discrétion,
» ou du moins on en voit peu
» d'exemples; son obligeance était

» extrême par fois ; elle ne médi-
» sait de personne, et n'était ja-
» louse que de l'amitié, ce qui ne
» faisait qu'ajouter à son amabilité
» toute naturelle. Avec un tel
» caractère, il était bien difficile
» qu'elle admît les exagérations et
» l'imposture de certaines gens, et
» surtout de certains dévots. Elle
» n'avait pas généralement autant
» de vénération pour les prêtres
» que pour la religion ; il eût été
» peut-être bien difficile de lui faire
» croire que le meilleur d'entre
» eux fût bien digne de son saint
» ministère ! Dans toute l'étendue
» qu'exige une si haute et si pieuse
» vocation, elle était convaincue

» qu'il fallait avoir le cœur aussi pur
» que le ciel. Elle avait reconnu la
» religion ce qu'elle est véritable-
» ment, c'est-à-dire, toujours ado-
» rable et consolante, vierge cé-
» leste... c'est elle qui nous fait
» envisager sans effroi la longue
» avenue de l'éternité... Les abus,
» les excès, les lâches ambitions
» et les crimes du fanatisme, ne
» sauraient nous en détacher. Pres-
» que tous les prêtres qu'avait con-
» nus cette estimable femme, ou
» desquels elle avait entendu par-
» ler, étaient faux, vindicatifs,
» orgueilleux, intolérans, et dé-
» sespérant, en les remplissant de
» terreur, les consciences qui leur

» étaient ouvertes. Aussi me disait-
» elle souvent : Je saurai bien mou-
» rir sans un prêtre ; ce n'est point
» à un homme qui n'est pas plus
» que moi, que je veux me con-
» fesser. C'est à mon Dieu, à mon
» Dieu seul. Et ce fut dans ces sen-
» timens qu'elle me conjura, s'il
» arrivait qu'elle fût auprès de moi
» (nous logions dans la même mai-
» son) en danger de mourir, de
» ne jamais lui amener un prêtre.
» Il m'effraierait de la mort, disait-
» elle, je la redoute assez malgré
» moi. En effet, quoique son âme
» était pure, la mort l'épouvantait.
» Elle adorait l'auteur de toutes
» choses... mais notre fin l'em-

» barrassait... et elle redoutait
» ce qu'elle ne concevait pas... et
» parmi ses craintes, elle était re-
» ligieuse.... Eh! quelle créature
» ne l'est pas sur la terre, quand
» bien même elle n'aimerait pas les
» prêtres? Sois tranquille, lui di-
» sais-je, mon amie, je remplirais
» tes intentions, si un tel malheur
» arrivait; mais il en advint autre-
» ment.

» Des causes qui déchiraient son
» âme sensible, depuis plus de
» quinze ans, la tenaient presque
» toujours éloignée de ses enfans. Sa
» correspondance avec eux pouvait·
» elle la dédommager? Non, j'étais
» assez témoin du contraire, de-

» puis que je la connaissais. Mais

» de nouvelles circonstances les

» réunit à elle. Toutefois ces cir-

» constances lui furent plus funestes

» que les causes qui l'avaient obli-

» gée à une trop affligeante sépara-

» tion, puisqu'elles détruisirent sans

» retour un reste d'espérance. De-

» puis long-temps son mari consa-

» crait à une femme intrigante et

» sans pudeur, tous ses soins, tout

» son amour, qu'il ne devait qu'à

» la mère de ses enfans ; qu'à cette

» mère, qu'à cette épouse malheu-

» reuse qui gémissait loin de lui,

» accablée de mille privations....

» Voilà le motif de cette pénible sé-

» paration... voilà les causes de ces

» pleurs dont ma constante amitié,
» dont mes soins assidus, purent
» quelquefois sécher la source.
» Mais en vain j'eusse employé
» tous les secours de mon zèle ; je
» ne pus rien contre les derniers
» événemens. La mort de cet époux,
» tout insensible, tout ingrat qu'il
» fut, plongea sa victime dans une
» profonde et inconsolable dou-
» leur.... Hélas !... m'avait-elle
» dit souvent avant qu'ils n'arri-
» vassent ces événemens, mon
» amie ! que je serais heureuse d'être
» réunie avec lui et mes enfans !...
» Je ne sais ;... mais j'ai pourtant
» encore cette espérance.... et
» elle me fait supporter quelquefois

» mes peines.... Et puis, à la suite
» de ce vœu, elle me redisait en-
» core tous, ou en grande partie, les
» maux qu'elle avait soufferts....
» et ses larmes coulaient de nou-
» veau, et mon cœur était toujours
» vivement ému, toujours atten-
» dri, toujours indigné lorsque j'en-
» tendais ces récits. Eh bien, elle
» eût tout oublié, pour finir ses
» jours avec ce trop coupable
» mari.... Elle eût été trop heu-
» reuse de lui pardonner.

» Bientôt l'arrivée de deux de
» ses enfans, car ils sont quatre,
» et je crois en assez bonne santé,
» et les sollicitations de sa fille
» aînée, qui pourtant, ce que j'au-

» rais dû vous dire d'abord, est celle
» dont elle avait été le moins sépa-
» rée, mais qui depuis plusieurs
» années ne demeurait point avec
» elle, étant fort en âge de se pour-
» voir, la déterminèrent à me quit-
» ter pour aller établir sa nouvelle
» demeure dans un autre quartier.
» Cette séparation me fit mal, et à
» elle aussi ; mais à toute heure du
» jour, son amitié m'appelait vers
» elle, et la mienne ne me rendait
» point avare de mes démarches.
» La révolution qu'elle éprouva dès
» le moment du changement subit
» de sa situation, fut si complète,
» qu'avant d'aller occuper son nou-
» veau logement, elle était déjà aux

» prises avec un mal contre lequel
» toutes les ressources de l'art de-
» vaient échouer ; mais sa raison
» ne l'abandonnait pas. Bientôt elle
» reconnut qu'elle se trouvait au mi-
» lieu d'enfans dont pas un ne pou-
» vait lui offrir la véritable source
» des consolations qu'une mère a
» droit d'espérer. L'aînée, fille de
» trente-six ans, revêche, gros-
» sière, impertinente, mauvaise
» langue, comme on dit ordinai-
» rement de gens qui déchirent en
» paroles leur prochain, et dont
» l'hypocrisie lui tenait lieu de res-
» pect filial, n'était guère propre
» à provoquer les épanchemens
» d'une mère abîmée dans le cha-

» grin. La cadette, âgée de vingt-
» deux ans, lente à l'excès, mono-
» tone, presque morose, bigotte à
» faire trembler, ignorante à faire
» pitié, cachant un fonds passable
» de méchanceté sous le masque
» de la douceur; le fils, âgé de
» dix-huit ans passés, paresseux,
» sot, ignare, fanatique, ne rê-
» vant que rosaire, soutane, ton-
» sure, calotte et rabat, ne pou-
» vaient assurément pas remplir
» les vues de ma pauvre amie.
» Aussi de temps en temps elle lais-
» sait échapper quelques plaintes
» contre l'un ou l'autre de ces trois
» enfans. Elle voyait les tristes dis-
» positions de son fils; elle se tai-

» sait , mais en souffrait-elle moins?
» Comme amie de leur mère , je
» tentai quelques incursions dans
» l'épaisse intelligence des deux
» jeunes gens ; mais , malgré mes
» précautions , je devins à leurs
» yeux une femme impie, ré-
» prouvée. Et cependant il fallait
» qu'ils gardassent quelques ména-
» gemens à mon égard à cause
» de leur mère , et ils eurent le
» courage d'une dissimulation que
» voulut bien partager avec eux
» leur sœur aînée.

» Quand je vis ma respectable
» amie plus malade que jamais ,
» quand je vis le dépérissement se
» manifester sur tout elle-même ,

» quand je vis qu'elle allait s'étein-
» dre prochainement , mais avec
» toute apparence que la connais-
» sance ne l'abandonnerait qu'à ses
» derniers momens , ce qui ne fut
» que trop vrai , je crus devoir ins-
» truire ses enfans de ses intentions.
» Gardez-vous bien , leur dis-je ;
» d'amener un prêtre au lit de votre
» mère ; elle m'a dit qu'elle n'en vou-
» lait pas ; et qu'à cette vue , elle se
» croirait morte d'avance. N'ou-
» bliez pas qu'elle est fort épou-
» vantée de la mort. La pureté de
» son âme ne peut la préserver
» de cette crainte naturelle à tous
» les hommes. Ils se gardèrent bien
» de sourciller à ces paroles ; et je

» ne pus savoir si leur silence était
» un consentement. Quelques jours
» s'étaient écoulés depuis que je les
» avais entretenus des dernières
» volontés de leur mère , parmi
» lesquelles était celle qu'ils fissent
» mettre son corps dans une fosse
» particulière ; quelques jours , dis-
» je, s'étaient écoulés , lorsqu'un
» matin , à peine étais-je entrée
» chez la malade , à peine avais-je
» eu le temps de lui dire quelques
» mots, qu'on frappe à la porte...
» Qui entre ? un homme, dont ma
» vue basse ne découvre pas d'abord
» le caractère , mais que le main-
» tien patelin et souple des deux
» jeunes gens aurait bien pu me

» faire reconnaître aussitôt.....

» Enfin c'était le confesseur. Cet

» homme ne venait pas pour la pre-

» mière fois.... Dès qu'il eut jeté

» les yeux sur moi et la per-

» sonne qui m'accompagnait, après

» avoir tant soit peu regardé la

» malade, il nous fit, de l'air le plus

» tartuffe qu'on puisse imaginer, le

» signe de nous retirer. Jugez de

» la peine que je ressens alors ! Je

» crois que mon amie va expirer

» tout-à-l'heure. Je me lève donc

» et me prépare à suivre ses deux

» enfans, dont les joues étaient

» enluminées du plus vif incarnat ,

» et dont les yeux pétillaient de la

» joie des saintes béatitudes.....

» Je ne concevais pas comment,
» lorsque la malade pouvait, d'un
» moment à l'autre, avoir besoin
» d'un prompt secours, ils osaient la
» laisser, si pleins de sécurité, seu-
» lement avec un prêtre.... Il se
» peut qu'en pareil cas un prêtre
» appelle du monde; mais le temps
» que le secours arrive....

» Le mouvement occasionné par
» la sortie de quatre personnes de
» l'appartement de la malade, qui
» semblait s'être un peu assoupie,
» réveille tout à coup son atten-
» tion ; et, en nous voyant prendre
» le chemin de la porte, elle s'écrie
» d'une voix fort émue : Eh! où
» vont-ils donc ?..... Laissez, lui

» dit l'ecclésiastique , laissez aller...
» ils vont revenir.... Ah ! made-
» moiselle , dis-je à la fille cadette,
» avec l'accent de la douleur et
» d'une surprise qui m'anéantis-
» sait , après ce que je vous ai tant
» recommandé , pouvez-vous épou-
» vanter ainsi votre pauvre mère ?..
» Voilà le frère et la sœur qui me
» disent d'un ton tant soit peu en-
» hardi : Mais, madame , pour-
» quoi donc dire cela ?... Comment
» donc ?.... mais c'est une chose
» qu'il faut absolument !... Enfin
» voilà les cas, les si et les mais,
» qui leur découlent de la bouche
» avec autant de volubilité que des
» oremus..... Allez , leur dis-je

» (alors j'étais bien en colère), al-
» lez... c'est une horreur de votre
» part..... Voyant que je prends
» ainsi la chose, ils emploient assez
» adroitement le mensonge... Ce
» n'était sans doute là qu'un péché
» véniel pour de si bons dévots!!!..
» C'est elle qui l'a voulu, me disent-
» ils. — Cela n'est pas : le mouve-
» ment et le cri douloureux qu'elle
» vient de faire, m'en disent assez...
» — Si, madame... c'est elle qui
» l'a voulu ; et, si elle n'en con-
» vient pas, c'est par amour-
» propre.

» Grand Dieu! c'est par amour-
» propre, me dis-je aussitôt !....
» Ces paroles retentirent dans tous

» mes esprits. Voilà bien les infer-
» nales interprétations des dévots
» persécuteurs !.. Et ces enfans-là
» osaient dire qu'ils respectaient
» leur mère !.... Eh ! quelle est
» donc l'éducation religieuse qui
» rend les enfans directeurs des
» consciences maternelles ?

» Enfin, nous pouvons rentrer
» dans l'appartement, le prêtre
» en était sorti. Je dirige aussitôt
» mes pas vers le lit de la malade,
» auprès de laquelle était sur-
» venue sa fille aînée. Eh bien,
» dis-je, mon amie, comment te
» sens-tu ?....... » Ah ! s'écrie-
t-elle... je vais mourir... c'est fini!..
je vais mourir!... Mon Dieu ! quel

malheur !... mes enfans !.. Je veux
mourir au milieu de mes quatre
enfans !... Qu'on fasse venir ma
fille absente ; écrivez-lui... qu'elle
fasse le voyage... Mais il sera trop
tard... ô mon Dieu ! c'est fini !... il
faut mourir !... « Et les yeux de
» cette mère infortunée sont tout
» trempés de ses larmes que sa
» main défaillante ne peut plus
» essuyer.

 » Voilà donc l'effet salutaire de
» la présence de ce prêtre !.....
» Pauvre femme ! Je devinais alors
» toutes tes terreurs ; tes inten-
» tions, tes volontés, revinrent
» toutes à mon souvenir ; et je
» gémissais de l'affreuse contrainte

» où t'avaient sans pitié réduite
» tes enfans.

» Tout mon corps tressaillait de
» la scène dont j'étais témoin.
» Toutefois je ne sais si c'est au-
» dace ou bêtise, ou bien s'ils
» avaient l'intention de me per-
» suader que je n'avais pas rai-
» son dans cette conjoncture ;
» voici ce que me dirent les
» deux dévots, tandis que leur
» mère se livrait pour quelques
» momens au sommeil. » Ah !
madame,... si vous saviez tout,
vous ne croiriez pas que cela
lui a fait mal..... Nous avons eu
le bonheur de l'amener à faire ses
dévotions... Elle a déjà reçu le

bon Dieu.... Si vous saviez le plaisir que cela nous a fait!... Nous lui
avons ensuite demandé sa béné-
diction, et elle s'est sentie bien
tout-à-fait après. Nous n'aurions
pas voulu attendre plus tard ; et
maintenant nous sommes bien plus
tranquilles.....

« Ainsi, vous voyez comme elle
» avait demandé un prêtre!... Ici
» l'aveu était bien en contradiction
» avec ce qu'ils m'avaient dit avant;
» mais, ce qu'il y avait de plus édi-
» fiant en cela, c'est que maintenant
» ils étaient bien plus tranquilles....
» et leur mère se mourait! Je ne sais
» si c'est là le moment, pour des en-
» fans, d'être bien plus tranquilles ;

» mais jugez de l'exactitude en tout

» de leur récit. Le lendemain de la

» cérémonie qu'on me cacha et

» qu'on s'empressa de demander,

» parce qu'on savait bien que je ne

» viendrais pas ce jour-là, la pau-

» vre malade, sans nous en faire

» connaître positivement la cause,

» nous dit : Ah ! mes amis !... com-

» bien j'ai souffert hier !... Oui...

» j'ai cru qu'hier... était le der-

» nier jour de ma vie... Ses enfans

» pouvaient seuls entendre la signi-

» fication de ces tristes paroles...

» Aussi... il m'en souvient, ils gar-

» dèrent alors un profond silence.

» Engeance dévote, et vous mi-

» nistres des autels, n'allez pas

» croire que je sois ennemie de
» toute cérémonie religieuse ; vous
» seriez dans une pitoyable erreur.
» Il est de telles cérémonies qui
» élèvent l'âme; mais, presque tous,
» vous ne les connaissez pas. Pres-
» que tous vous fardez la religion ;
» cette vierge adorable, cette hum-
» ble fille du ciel, vous osez l'en-
» tourer de prestiges honteux...
» Vous osez rendre méconnaissable
» ce saint héritage de nos pieux an-
» cêtres... Vous avez enfin violé
» cet Évangile sacré, source de sa-
» gesse et d'humanité. Il était pau-
» vre, le fils de Dieu, et vous vou-
» lez sans cesse vous entourer d'a-
» bondance et de luxe... Il était

» plein de bonté et de tolérance;

» vous déchirez les consciences,

» et ne pardonnez pas même une

» erreur.... Vous voulez régner

» sur les peuples et sur les rois,

» et il fut l'exemple touchant de

» la plus parfaite humilité. Cha-

» cune de ses paroles était une

» vertu, presque toutes les vôtres

» sont un scandale; vous mena-

» cez le malheureux pêcheur de

» peines horribles, et d'autant

» plus horribles qu'elles seraient

» éternelles, et il n'a parlé que

» de la rémission de nos fautes,

» puisqu'il a voulu les expier par

» le sacrifice de son sang....

» Profanateurs d'un pacte Divin,

» mettez donc un terme à sa viola-
» tion; observez, honorez, ainsi
» qu'elle doit l'être, cette charte
» sainte que l'homme Dieu vous
» a léguée en mourant sur la
» croix.... Oui, l'homme Dieu se-
» ra grand de toute éternité! mais
» quand serez-vous digne de chan-
» ter sa gloire ?...

» Revenons à ma respectable
» amie : elle mourut donc quel-
» ques semaines après avoir reçu
» les derniers sacremens ; mais
» voici de quoi furent accompa-
» gnés ses derniers momens : c'est
» ainsi que son fils en a été faire
» les détails à des personnes de sa
» parenté.

» Lorsque nous vîmes qu'elle
» allait passer (expression reçue,
» et en parlant de sa mère), nous
» nous mîmes, ma sœur et moi, à
» distance de son lit; car nous
» n'étions alors que nous deux, et
» lui dîmes les prières des ago-
» nisans. De temps en temps, nous
» la regardions.. nous voyions que
» son estomac s'agitait, se gon-
» flait... Enfin, je m'approchai....
» et lui demandai si elle avait
» besoin de quelque chose... Elle
» ne me répondit pas, me fixa
» seulement avec de grands yeux,
» et mourut en faisant une grimace,
» qui m'a tellement fait peur,
» que je crois toujours la voir....

» Et il ajouta à ce récit qu'un
» quart-d'heure avant de mourir,
» elle avait reconnu sa fille aînée
» qui était montée pour la voir.

» Grand Dieu ! quel tableau nous
» offrent les derniers momens de
» cette mère !.... Hélas ! peu de
» minutes avant d'expirer , elle
» avait reconnu sa fille aînée. A
» travers les ombres de la mort ,
» elle entrevoyait sans doute en-
» core les deux enfans qui la gar-
» daient, et c'était à distance de
» son lit qu'elle entendait le bour-
» donnement du bigotisme.....
» Fils fanatique et rebelle à la
» nature !.. qui t'a dit que le der-
» nier regard de ta mère ne fut

2. I2

» pas celui du désespoir d'un pa-
» reil abandon ?..... Qui vous a
» dit, enfans hideusement dévots !
» que les yeux de cette bonne mère
» ne se seraient pas fermés sans
» efforts, si, au lieu de vos prières
» des agonisans, vous aviez fait
» retentir dans son cœur, à peine
» palpitant, les accens de la dou-
» leur ! Si vous aviez élevé vers
» le Dieu de paix, le vrai Dieu, ce
» Dieu de bonté, ces paroles tou-
» chantes : O mon Dieu ! rends-
» nous notre mère, ou fais-nous
» mourir avec elle ! Mon Dieu !
» nous t'en supplions à genoux !
» Ensuite si, penchés tous deux
» sur cette mère que les glaces

» de la mort saisissait déjà, vous

» eussiez ajouté, en la couvrant

» de vos derniers baisers, en la

» baignant de vos larmes :......

» Notre mère !...... notre bonne

» mère !.... notre chère amie !...

» entends tes pauvres enfans !...

» serre-leur encore la main !...

» regarde-nous encore !.... Mais,

» ô ciel !..... tu ne nous entends

» plus !... tes yeux se ferment !...

» où sommes-nous !... ma mère !...

» ma mère !...... ah ! quel affreux

» moment !

  » Eh bien, madame, ces paroles

» eussent été semblables à celles

» que naguère le frère et la sœur,

» jeunes gens habitant le même

» quartier que j'habite, ont pro-
» noncées sur le sein de leur mou-
» rante mère. Ne sont-ils pas plus
» religieux que les enfans dont je
» viens de vous entretenir ? Ils se
» sont offerts en holocauste en ces
» cruels momens; ils ont senti toute
» l'étendue de la perte qu'ils fai-
» saient. Une mère ne se retrouve
» jamais! Une mère ! ah ! combien
» ce nom nous rappelle de choses au
» moment même que nous le pro-
» nonçons! Toutes ces choses ne
» viennent-elles pas frapper en masse
» et notre cœur et notre esprit ?
» Malheur à ceux qui croient des
» limites à la reconnaissance que
» mérite une mère ! Toutefois on

» veut peut-être que je dise une
» bonne mère !... mais pourquoi
» cette acception ? est-il beaucoup
» de femmes qui ne le soient pas ?
» Est-il beaucoup de femmes qui re-
» poussent loin d'elles les douces im-
» pressions de la nature...? Eh ! que
» deviendrait le monde entier s'il en
» était ainsi ? Oui , le monde en-
» tier ; et je le dis en dépit de ces
» acharnés détracteurs de la femme,
» qui, en se révoltant honteusement
» contre les respects qui lui sont
» dus, sont encore à trouver un
» argument qui puisse anéantir
» tous les droits, toute la puissance
» que la nature lui a donnés. Êtres
» bassement jaloux, êtres vils, ils

» rugissent contre elle, et solli-
» citent sans cesse l'oppression pour
» celle qui vivifie tout, qui régé-
» nère tout. Misérables, que leur
» odieuse persistance dans des so-
» phismes abominables, dans un
» véritable sacrilége, livrent à l'exé-
» cration de tous les autres hommes
» qui en naissant apportent dans
» leurs cœurs l'amour d'un sexe
» dont ils ne croient jamais assez
» récompenser les soins éternels.

» Oui, je reproche aux enfans
» de ma défunte amie, de cette
» femme qui ne trompa jamais ni
» ma confiance ni ma sincère ami-
» tié, leur conduite envers elle,
» parce que cette conduite révolte

» la nature et la sensibilité. Pour

» être coupable envers la nature et

» la sensibilité, qu'on ne s'avise

» pas de croire qu'il faille se rendre

» à l'égal de l'homicide et du par-

» ricide ! Si l'on calculait ainsi, on

» ne trouverait plus de coupables

» en raison de l'énormité de ces

» crimes. Assurément, celui qui

» me frustre de mon avoir, n'est

» pas coupable comme un assassin;

» mais en est-il moins un fripon ?

» Celui qui ose se faire le tyran de

» sa famille, et qui fait mourir de

» douleur ou sa femme ou ses en-

» fans, parce qu'il ne s'est pas bai-

» gné dans leur sang, parce qu'il

» ne les a pas atteints par le poi-

» son, en est-il moins coupable ? en

» fait-il moins horreur à l'huma-

» nité?

» Oui, ajouta cette dame, en

» terminant son récit, on doit fré-

» mir à la pensée qu'il existe des

» cœurs endurcis, parce qu'on ose

» appeler des préceptes religieux.

» Voilà les scènes que le fanatisme

» prépare, soit près d'un père,

» d'un enfant ou d'une épouse !

» Sans doute, si la créature qui va

» rendre à la terre sa dépouille

» mortelle appelle de son plein

» gré le ministère d'un prêtre,

» on doit bien se garder de le lui

» refuser. Tout ce qui paraît et peut

» être consolation pour l'homme

» expirant, hâtez-vous de le lui
» procurer; mais l'y contraindre en
» dépit de ses justes terreurs, c'est
» un crime aux yeux de la sagesse
» et de l'humanité. La Divinité m'a
» donné une voix, c'est pour prier
» moi-même;... et quand ma voix
» ne peut plus prier, les battemens
» de mon cœur en disent plus encore
» que la voix monotone d'un prêtre
» salarié (1). »

_____

(1) Je garantis l'authenticité de l'anecdote que je fais raconter ici par madame
Valmy. Le mensonge n'en a point souillé
la narration; et, si je ne nomme pas les
enfans, c'est afin de ne pas les livrer per-
sonnellement à l'indignation des cœurs
sensibles. De plus, il est certain qu'il y a

Mais revenons à nos recherches ; et terminons aussi.

---

beaucoup de choses omises dans ce récit, lesquelles n'auraient pas peu contribué à faire ressortir le caractère de ces trois enfans. Toutefois je placerai dans cette note les deux traits suivans : Pendant la maladie de leur mère, le carême arriva ; par conséquent ils ne laissèrent pas entrer de viande à la maison. Ils réduisirent donc la pauvre malade, et elle y souscrivit docilement, à s'alimenter du mauvais bouillon que vendait, dans le voisinage , un marchand-de-vin-traiteur. Pourtant ils se lassèrent de faire maigre ; et, pour accommoder, non l'estomac de la malade, mais leur conscience, et bien un peu leur poitrine, ils résolurent d'aller demander au curé de leur paroisse une permission pour

Vous saurez donc que j'appris
que M. Dubourg s'était marié ;

---

cesser l'abstinence ; ce qui leur fut délivré
par écrit ; et leur mère alors cessa de faire
ordinaire avec les cochers de place, qui
faisaient usage du même potage chez le
susdit marchand traiteur. Quant au second
trait, le voici : Presque immédiatement
après la mort de sa mère, l'aînée célébra
ses noces. Notre dévote de vingt-deux ans
fit comme sainte Cécile ; elle s'abandonna
avec enthousiasme à la musique, avec
cette différence pourtant que sainte Cécile
ne chantait ni la romance ni le vaudeville.
Rire et chanter, telle fut donc aussitôt
l'unique occupation de ces deux filles ; et
le fils, de son côté, avec joie, s'élança à
corps perdu dans les séminaires.

(*Note de l'auteur.*)

qu'il avait reçu des lettres qui lui
avaient annoncé que j'étais partie
avec un jeune officier ; qu'ensuite
ce jeune officier s'était ingéré de lui
écrire directement, afin de l'engager à se consoler de mon absence ;
qui probablement serait un peu
longue. Jugez de ma douleur !...
Vous pensez bien que je vis de
suite d'où avait pu provenir cette
autre espèce de ruse ; ces fanfaron-
nades d'un prétendu officier. Je
pleurai beaucoup M. Dubourg.
J'étais profondément affligée qu'il
se crût si fort autorisé à me regarder
comme un objet qui ne pouvait que
trop justifier des mépris ; mais cependant je préférai me guérir à

l'aide du temps, plutôt que d'essayer
de lui prouver mon innocence par
la connaissance que j'aurais pu lui
donner du malheur qui m'était arrivé. De plus, M. Dubourg étant marié,
je sentais assez que je ne devais pas
chercher à ressaisir quelques droits
sur lui. D'ailleurs je n'ai jamais pu
supporter l'idée qu'un homme marié
fût un objet de tendresse pour une
autre femme : nos mœurs sont peut-
être la cause que je pense ainsi; mais,
indépendamment de cela , je suis
persuadée qu'il y a quelque chose
de surnaturel dans une double possession ; je suis persuadée que le lé-
gislateur en a été convaincu lui-
même ; et c'est ce qui ne l'a peut-

être pas peu éclairé sur les devoirs réciproques du mariage. Une foi violée, dans cette espèce de lien, me paraît une attaque monstrueuse contre les bonnes mœurs, de quelque part qu'elle provienne. Dès l'instant que deux époux ne peuvent se convenir, qu'ils se séparent ; des enfans, s'il y en a dans cette malheureuse circonstance, souffriront bien moins de cette séparation, que de se voir entre deux individus qui ne peuvent plus s'entendre, qui se détestent, et dont presque toujours l'un est le bourreau de l'autre. Toutefois je ne voudrais pas que les tribunaux donnassent le spectacle scandaleux de la punition de l'un des deux époux, dans le cas d'adultère. Cette attaque contre les mœurs n'est pas de nature à être punie par eux, puisque l'éclaircissement d'une pareille cause y porte une si grande atteinte. Sur quoi fait-on reposer l'attention des auditeurs ? sur des faits qui effarouchent la pudeur des uns, qui excitent les sarcasmes, les plaisanteries des autres, et qui font dire des juges qui infligent la peine, qu'ils la méritent eux-mêmes tout aussi bien que celui ou celle qu'ils viennent de condamner.... Mais, si l'on jugeait à huis-clos, dira-t-on ? Eh bien, si l'on jugeait à huis-clos, le scandale serait toujours le même ; qu'il ait lieu en présence d'une douzaine d'individus ou de deux cents , n'est-ce pas toujours un scandale ? Toute chose qui est scandaleuse en elle-même , peu importe où elle soit transportée , doit produire le même effet. Non , des faits privés de cette nature ne devraient jamais occuper les tribunaux. Que l'on prononce la séparation des deux époux , quand ils la demandent ; mais des amendes , mais des détentions pour leurs faits d'infidélité ont quelque chose de si honteusement ridicule , que l'on devrait bien s'empresser de rayer du code de si misérables dispositions.

Par exemple, il y a en France

une certaine loi qui permet seulement au mari de faire enfermer sa
femme, s'il l'a surprise en flagrant
délit : voilà encore une usurpation,
une injustice criante ; on se deman-
dera toujours pourquoi on n'accorde pas la même prérogative à la
femme à l'égard de son mari. Nul
raisonnement ne peut justifier cette
mesure : ce privilége, accordé exclusivement au mari, n'est point
propre à le faire aimer, et, par
conséquent, à le préserver de ce
qui lui arrive presque toujours en
pareil cas, c'est-à-dire d'être haï
par sa femme, et méprisé par tous
les honnêtes gens qui trouvent in-
convenant non-seulement d'afficher

les autres, mais de s'afficher soi-
même. Quoi donc! un homme rui-
nera sa femme pour entretenir des
paresseuses , des femmes débau-
chées ! quelquefois même il amè-
nera ses concubines chez sa femme!
cette dernière ne jouira que du
mince bénéfice de la loi, qui lui
permet une simple séparation ! et
encore, pour cela, faut-il qu'elle
cède la place à un mari souillé de
libertinage, c'est-à-dire qu'elle sorte
de chez elle !..... Voilà une belle
compensation !..... Elle est bien
digne de ces conceptions humaines
que le simple bon sens fait regarder en pitié ! Quoi ! jusque dans le
crime, l'homme accorde à l'homme

la prééminence! quoi! la douleur
de la vertu opprimée doit être hu-
miliée à ce point!

D'ailleurs il est un fait notoire et
incontestable, que, généralement,
ce sont les hommes qui donnent
aux femmes le triste exemple de
l'infidélité, exemple que, généralement aussi, on sait trop bien qu'elles
ne suivent pas. Mais que dire de
celles à qui ce malheur arrive? Voici
ce que je rencontre en leur faveur :
Par exemple, telle femme adorait
son mari, et ne paie des infidélités
par d'autres infidélités que pour se
venger : et la vengeance est si naturelle en ce cas, qu'on n'est pas
toujours maîtresse de se défendre

de ce qu'elle présente d'attrait.
Malheur plutôt à celui qui l'a si
cruellement excitée, cette vengeance! Le libertinage n'y entre
pour rien : une femme encore
jeune, aimable et délaissée, trouve
un ami dont les tendres soins la
dédommagent d'un cruel et honteux abandon; cet ami lui offre
constamment les consolations de
l'âme, ressource si délicieuse pour
les femmes, dont tout le bonheur
est dans le sentiment.... Pourquoi
les repousserait-elle? pour mourir
victime de son désespoir? Pourquoi
faire tant de plaisir à un mari débauché? Dans cette circonstance,
l'atteinte aux mœurs est portée seule

par le mari. La femme ici n'est
qu'une victime qui se débat plus
qu'on ne pense entre sa conscience
et son bourreau. Mais, je le dis
moralement et sincèrement, je pré-
férerais que la couche nuptiale ne fût
jamais souillée ni du crime de l'un
ni de la vengeance de l'autre.....
Epoux qui ne pouvez plus rien vous
supporter, qui ne vous envisagez
qu'avec colère ou dédain, séparez-
vous donc; l'honneur vous le com-
mande impérieusement; car autre-
trement vous ne pourrez offrir aux
regards des hommes sensibles qu'un
spectacle de douleur et de dépra-
vation.

Pour en revenir à ce qui me

concerne, je n'avais donc plus de
droits sur M. Dubourg, et par
conséquent nous étions dégagés
l'un envers l'autre, je dirai presque
de tous procédés, hormis de ceux
qu'on se doit dans la société. J'épou-
sai donc à mon tour, et presque immédiatement après ma malheureuse
aventure; mais il y a trois ans que
j'ai eu le malheur de perdre mon
mari. Si je me tenais constamment
dans l'isolement, je finirais par des-
sécher de chagrin, par mourir dans
un état déplorable... Ah! madame,
croyez bien que si je me jette peut-
être encore inconsidérément dans
la société de ceux qu'on appelle les
aimables...., je n'y porte pas tou-

jours une âme aussi gaie que cette figure que vous trouvez propre à faire tomber vos nouveaux et malheureux amis dans l'état de la plus complète épilepsie..... Mais il faut secouer son mal, ainsi que je viens de vous le dire; je veux m'étourdir sur le passé. Je sais que ce n'est pas une résolution fort louable dans l'opinion de beaucoup de personnes, mais c'est une sorte de courage dont on n'est pas toujours capable;.... une sorte de courage qu'on n'appréciera même jamais; comme je sais aussi que les larmes et les fleurs abondent sur les restes de quiconque est expiré victime de sa profonde sensibilité. Mais pourquoi ne di-

rais-je pas, dans le sens de Deshoulières : Quand je ne suis plus, à quoi
me servent les éloges qu'on me donne ? la postérité qu'on veut me faire ?

Voilà ce que j'avais à vous raconter. Voyez si je mérite une part
de cet intérêt que vous portez à
ceux qui souffrent, ou qui ont eu
beaucoup à souffrir.

Oui, répondis-je à madame Valmy en lui serrant affectueusement
la main; et, comme on dit vul-
gairement, vous l'avez échappé
belle. Vous ne pouvez trop rendre grâces à la divinité, qui vous
a si heureusement délivrée de la
tyrannie d'un si grand monstre !...

Ce qui me plaisait beaucoup dans madame Valmy, et me raccommodait avec elle , c'était la manière avec laquelle elle soutenait les intérêts de son sexe. J'aimais beaucoup comme sa mémoire la servait pour me faire part des réflexions que cette dame , qui lui racontait la conduite des enfans de son amie défunte, lui avait faites à l'égard des détracteurs des femmes. En effet, qui cause plus de déplaisir, qui fait plus de mal que de voir une femme prendre le parti tout inverse de la nature et du simple bon sens? Moi, qui suis d'un caractère très-indépendant, je dois dire ici toute ma pensée à l'égard des femmes qui s'oublient au point de dénigrer les autres femmes. Que peuvent-elles y gagner ? l'indignation des femmes en général et le mépris des hommes sensibles. Madame de Staël et madame de Genlis sont étrangement tombées dans ce travers. Madame de Genlis est charmante quand elle s'abandonne à son cœur ; feu madame de Staël a le même avantage en pareil cas ; mais elles sont rarement toutes deux sous cette douce influence à l'égard de leur sexe. N'auraient-elles donc voulu gagner que la bienveillance des critiques jaloux ? c'est payer trop cher un si triste avantage. Toutes deux prêchent l'asservissement des femmes ;

toutes deux se sont plus d'une fois
transformées en Zoïles de leur sexe.
J'étais bien jeune lorsque je lisais les
ouvrages bien intéressans de madame de Genlis; mon cœur souffrait
toujours de voir que cette dame se
plaçait avec nous ou plutôt voulait
nous placer avec elle, aux pieds des
hommes, qui en vérité, généralement parlant, en seraient fort fâ-
chés ; ils s'en trouveraient trop hu-
miliés eux-mêmes. Toute jeune personne que j'étais, je sentais bien que
mon sexe avait une dignité qui ne
pouvait pas s'abaisser à ce point.
Depuis, madame de Genlis n'a pas
changé de caractère , et la plus
triste subordination est toujours

au bout de sa plume. Les deux sexes se doivent des palmes réciproques, et toujours elle donne aux hommes les plus belles sous les rapports les plus flatteurs et les plus importans. Si c'est pour mendier leurs suffrages, moi, je réponds que c'est plutôt en faire de tous les êtres, les êtres les plus vains, et par conséquent les plus ingrats. Les hommes surtout qui écrivent ne lui en sauront pas gré ; et il est un fait constant qu'il faut citer ici, c'est que ce sont presque toujours ceux-là qui déchirent le plus les femmes, et notamment celles qui écrivent aussi ; penchant naturel à tout le monde : ce sont les écrivains qui disent aux femmes

que les vertus, les talens qu'elles
possèdent doivent demeurer dans
l'obscurité; qu'enfin elles sont faites,
quelque mérite qu'elles aient, pour
être ignorées. Il est impossible de
mieux peindre les sentimens de
l'envie et de la jalousie que par
cette pitoyable recommandation
que rien ne peut autoriser un sexe
à faire à l'autre; c'est la preuve la
plus complète de l'insuffisance du
mérite de ceux qui croient beaucoup se dédommager en étouffant
celui des autres. Le Ciel a réparti
le génie et la vertu également dans
les deux sexes ; faits l'un pour
l'autre, faits pour s'aimer, se chérir,
s'entr'aider mutuellement, aucun

d'eux ne songerait au moindre em-
piétement, si de prétendus philosophes, de maussades écrivains ne
s'avisaient de leur faire la part de
leurs devoirs réciproques. Les hommes, je l'ai dit au commencement de
cette histoire, sont généralement
bons, et la désunion ne peut naître
parmi eux que par de mauvais
systèmes qui sont adoptés trop souvent en ce qu'ils ont d'attrayant
pour quiconque aime à dominer,
à maîtriser impérieusement ce qu'il
doit au moins respecter pour la
propre conservation de lui-même.
Est-ce donc aux femmes qui écrivent, qu'il convient d'exciter cette
désunion, en applaudissant à ceux

qui l'ont occasionnée ? Aussi quel triomphe pour ceux qu'elles ont imités! Vous voyez bien, s'écrient-ils en agitant la palme qu'elles leur ont décernée, vous voyez bien que nous avons dit la vérité, et que nous avons placé les femmes où elles devaient l'être, puisqu'elles en conviennent elles-mêmes ; et ces mêmes hommes, bien qu'ils en soient intérieurement convaincus, ne diront pas que le reste des femmes désavoue celle qui les a approuvés et imités !

Beaucoup de jeunes gens surtout, et desquels le bon naturel n'a point été gâté par les principes dont je viens de parler, n'aiment pas ce

travers dans une personne qui donne
autant de preuves que madame de
Genlis, par son infatigable activité,
par les ressources de son génie, par
sa brillante et glorieuse réputation
littéraire, que de tels avantages
sont le partage des deux sexes. Parmi tous les hommes qui écrivent, il
en est beaucoup, malgré la part de
mérite qu'on ne peut leur contester,
il en est beaucoup, dis-je, qu'il faut
placer au-dessous de mesdames de
Genlis et de Staël; et d'autres
femmes ont beaucoup mieux écrit
que ces deux personnes intéres-
santes sous les rapports d'un tel
mérite. Toutes deux, elles ont pensé
trop souvent qu'il fallait se sou-

mettre exclusivement à la logique des hommes; qu'il fallait embrasser entièrement leur philosophie. Elles ont pratiqué comme des rhéteurs; elles ont voulu céder aux inspirations des Longin et des Cicéron. Il est de toute nécessité de bien connaître le langage des hommes, parce qu'il faut se faire entendre d'eux; mais il ne faut pas que l'image de l'homme se réfléchisse ainsi dans le génie de la femme.

Tous les hommes, de quoi qu'ils traitent, tous les hommes écrivent sur le même ton. Ils se sont tracé des règles invariables, et par conséquent ils se répètent continuellement. Pourquoi, nous femmes,

2. 15

leur offrir en nous le tableau d'eux-
mêmes, quelque beau qu'il soit?
Pourquoi cette monotonie d'unifor-
mité? Cette marche est en opposi-
tion avec la diversité que le créa-
teur a établie entre les deux sexes
comme un moyen plus sûr de les
attirer l'un vers l'autre.

La philosophie, la logique, la
rhétorique des femmes doivent être
seules dans leur cœur et leur esprit,
parce qu'un cœur sensible, un esprit vif et pénétrant, ont des ressources que l'art ne pourra jamais
inventer. Aussi les hommes qui par-
tagent avec les femmes ces avantages puissans, sont presque toujours
moins érudits que ceux qui ne con-

naissent que les préceptes de ce qu'ils appellent la saine raison ou les véritables lumières. Ces derniers se consument dans des recherches multipliées, par la seule cause que le cœur ou le sentiment, un esprit naturel, ne leur fournisent presque rien. En un clin-d'œil, les êtres sensibles, perspicaces, découvrent, en dédaignant même les détails, ce qui a coûté des années d'application à ceux qui peut-être auraient eu le même bonheur, si on ne les eût pas contraints à ne point dévier d'un chemin difficile, dans lequel il semble qu'on ait voulu livrer un combat éternel aux impressions les plus douces de

l'âme. Je plains donc beaucoup
les femmes écrivains, qui ne sen-
tent pas que leurs ouvrages, de quoi
qu'elles traitent, doivent être em-
preints du génie qui leur est propre. En observant ce principe pui-
sé dans la nature même, qu'elles
soient bien convaincues que les
hommes les en aimeront davantage,
parce que, dans les productions
qu'elles feront éclore, ils ne pui-
seront point une érudition factice,
parce qu'ils seront toujours agréa-
blement émus, parce qu'ils y trou-
veront enfin la nature pour les
éclairer.

Quant aux autres avantages ré-
partis entre les deux sexes, les

hommes en ont que les femmes ne doivent considérer que dans l'intérêt d'elles-mêmes. Les femmes ont des avantages, que les hommes ne doivent point envier, parce que ces mêmes avantages ne les rendraient point heureux. Les avantages que possèdent les femmes, sont une source inépuisable des récompenses qu'elles doivent incontestablement aux hommes, qui ne peuvent les recevoir que d'elles-mêmes ; car il est bien certain qu'il est plus doux d'être récompensé des autres, que de soi-même. On n'entend pas d'ailleurs comment un individu peut se décerner une récompense : une

pareille créature non - seulement
dénote un triste isolement, un
égoïsme affreux, mais doit être
frappée de nullité dans le monde.

L'amour jaloux des hommes
peut seul opprimer les femmes;
c'est une injustice, une cruauté
qu'ils paient toujours bien cher,
puisque de cette injustice, de cette
cruauté, proviennent tant d'espèces
de maux qui désolent la terre.
Il est incontestable qu'elles excitent dans les femmes des vengeances d'autant plus funestes, que
les hommes mêmes en sont les
instrumens aveugles en même
temps que les victimes dans presque toutes les circonstances où ces

vengeances éclatent : pour s'en convaincre, que l'on ouvre les pages
de l'histoire. La vengeance de la
créature opprimée doit être d'autant plus redoutable, qu'elle est
fondée sur un droit naturel; et
que plus on est sensible, plus on est
terrible alors. Voilà ce qui a fait
dire, que la femme est plus à
craindre que l'homme dans sa
haine ou ses vengeances. Les peuples
les plus doux, les plus aimables,
les plus patiens, sont toujours ceux-
là qui ont fini par donner les
plus funestes exemples de la vengeance .de leurs droits violés, de
leur amour, de leur dévouement

et de leur sensibilité trop long-
temps méconnus.

Revenons donc à madame Valmy. Quelle que fût la surprise
que son récit devait me causer, je
me gardai bien de l'interrompre;
je ne crus pas non plus qu'il fallait, sans y avoir mûrement réflé-
chi, lui faire connaître les rappro-
chemens qu'il y avait dans son
aventure et les malheurs de M. Edmon. Lorsque je fus seule, je pensai beaucoup à cette aventure : elle
jetait un grand jour sur les me-
nées du père d'Eléonore. Je n'au-
gurai pas que madame Valmy et
M. Edmon fussent très-bien en
présence l'un de l'autre. Quoique

madame Valmy avait subi toutes
sortes de persécutions de la part
du tyran des deux époux et de
leur ami, quoiqu'elle n'avait dû
sa délivrance qu'à un miracle que
l'amour opéra sans doute par une
grâce toute spéciale dans cette âme
farouche, elle n'avait pas moins
été un fatal instrument de leur
malheur.

J'attendis avec beaucoup d'im-
patience le retour de M. Edmon.
Il me tardait de connaître la fin de
cette histoire. Ah! me dis-je, si le
crime est puni en raison de ses excès, quel effroi aura causé la dernière heure du misérable de Beauval!

Le lendemain, M. Edmon revint donc à son heure ordinaire,
et reprit ainsi sa narration :

« Nous reçûmes, selon que François nous l'avait annoncé, une
lettre écrite sous la dictée de notre
ami. » La voici :

« Oui, mes amis, notre bour-
» reau a fui... il tremble le lâche...
» mais où va-t-il ? car quel autre
» que lui a dirigé le coup que j'ai
» reçu ? quel autre ennemi avais-je,
» que sa coupable personne ? mais
» je ne veux pas ajouter à son
» opprobre. Au nom de ma tendre
» amitié pour vous, je jure de ne
» point me plaindre de lui à quel-
» qu'autorité que ce soit. Non,

» bonne et sensible Eléonore, non,
» je ne déposerai jamais contre
» votre père! Cette lettre horrible
» qui a précédé ce dernier meurtre,
» et ses faits antérieurs, autorisent
» en vain toutes mes préventions...
» mais que ne ferais-je pas ! que ne
» souffrirais-je pas pour ceux que
» j'affectionne si tendrement !

» Je commence à reprendre
» quelques forces ; je n'ai plus de
» fièvre, et la cuisson de mes brû-
» lures ne se fait plus sentir. J'ai
» demandé aux chirurgiens si je
» pourrais, d'ici à quelque temps,
» entreprendre un voyage hors de
» France ; ils m'ont répondu affir-
» mativement, et je n'ai presque

» plus senti mon mal. Oui, mes
» amis, partout où vous serez j'irai
» vous retrouver. Mais, pour Dieu!
» quittez Barcelonne! je frémis de
» vous y voir encore!... Voilà tout
» pour aujourd'hui. Le bon Fran-
» çois est, comme vous voyez,
» mon secrétaire; il me porte des
» soins dont je suis bien reconnais-
» sant. Tout à vous pour toujours;
» tout à vous; je vous embrasse
» comme je vous aime. Ecrivez-
» moi de suite. »

Le duc avait signé cette lettre le
mieux qu'il avait pu, et François
avait ajouté au bas les témoignages
de son dévouement. C'était à cet
honnête jeune homme que nous

devions la découverte de tout. Que
n'avait-il pu parer le coup qui venait d'atteindre notre vertueux ami!
Ce coup me fut plus sensible que
celui que j'avais reçu chez le général, quant à moi individuellement;
car l'affliction qu'en ressentit mon
Eléonore, a pu seule me le faire
trouver alors le plus cruel que
j'eusse jamais reçu. Ce fut elle qui
répondit aussitôt à cette lettre, et
voici sa réponse :

« Oui, généreux ami, oui, tout
» est contre lui!... oui, tout prouve
» de plus en plus que je suis une fille
» trop infortunée!... Que de lar-
» mes me fait répandre votre situa-
» tion! Ah! croyez bien qu'Eléo-

» nore et Edmon ne seront jamais

» ingrats! La mort serait alors un

» bienfait pour eux, puisqu'elle les

» déroberait à la honte et aux cruels

» remords de leur conscience! et

» votre générosité invoquerait elle-

» même cette mort, seul terme de

» tant de souffrances. Voilà le seul

» bienfait, après ceux que leur pro-

» digue votre âme éminemment

» sensible, le seul bienfait qu'ils

» oseraient implorer de la pitié du

» Ciel! Quoi! il se peut que vous

» n'ayez presque plus senti votre

» mal quand on vous a dit que

» vous pourriez, d'ici à quelque

» temps, entreprendre de voya-

» ger!... Il est impossible de vous

» peindre l'attendrissement que
» nous a causé ce passage de votre
» lettre ; mais tout en aimant bien
» tendrement vos amis, pourriez-
» vous les croire capables de rester
» plus long-temps loin de vous ?
» Non , c'est un courage que nous
» n'aurions pas. Nous allons donc
» tout aussitôt quitter Barcelonne,
» ce pays qui vous cause un si juste
» effroi, et dans lequel nous pen-
» sons bien nous-mêmes qu'il ne
» nous serait pas permis d'espérer
» du repos... Mais nous serions
» ici dans l'état de la plus parfaite
» sécurité, qu'il en serait de même
» quant à notre résolution actuelle.
» De plus, il se pourrait qu'un long

» voyage vous occasionnât de fâ-
» cheuses suites. Tout est donc
» préparé pour notre départ. C'est
» chez notre ami que nous débar-
» querons; c'est auprès de lui que
» nous désignons notre domicile.
» Oui, notre ami, oui, notre frère,
» nous voulons être tout avec vous
» et tout pour vous! Mon bien-aimé
» écrit après moi.

» ELÉONORE. »

P. S. « Je ne dois point oublier
» de vous faire savoir que tous nos
» serviteurs ont fait dire une messe
» pour le prompt rétablissement de
» votre santé. Nous y avons assisté
» avec eux. Tous, comme vous le

» voyez, vous aiment bien sincè-
» rement. Ils m'ont priée de vous
» assurer de leurs très-humbles res-
» pects. Il y a dans la présente un
» petit billet inclus pour notre bon
» François. Je ferme ma lettre en
» vous embrassant de toute ma pen-
» sée comme de tout mon cœur! »

Et j'écrivis au bas de cette lettre
tout ce qui pouvait exprimer, quoiqu'en peu de mots, mon éternel at-
tachement à l'égard de mon digne
et honorable ami.

Peu de jours suffirent pour nous
mettre en état de partir, et bientôt
nous fûmes à Paris. Nous descendî-
mes donc provisoirement chez notre

2. 16

ami. Il fut si joyeux de notre arrivée, qu'il éprouva un mieux qui
sembla tenir du prodige. Nous ne
tardâmes pas à prendre notre domicile. Allions-nous y vivre paisi-
blement? c'est ce que nous voulions espérer. Nous nous logeâmes
dans la maison tout en face de celle
du duc. Il avait son appartement
chez nous comme nous avions le
notre chez lui; et autant dire que
nous vivions en commun, puisqu'il
ne prenait de repas chez lui que
quand il y avait société, et que c'é-
tait toujours Eléonore qui faisait
les honneurs de chez lui. Nous n'é-
tions pas deux heures dans la journée sans être ensemble. Il n'y a pas

de doute que nos sociétés étaient
les mêmes. J'avais fait l'acquisition
d'une charmante maison de campagne à deux lieues de Paris : c'é-
tait là que, dans les beaux jours,
nous nous réunissions avec une partie de nos connaissances, et que
nous allions oublier nos peines pas-
sées. Notre cher Henri aimait sin-
gulièrement Adèle qui ne l'appelait pas autrement que son oncle.
Nous avions pris tous trois l'habitude
de nous appeler frères. Il y avait
bientôt quatre ans que nous jouis-
sions d'une si pure et si douce félicité, quand tout à coup d'autres
orages vinrent fondre sur nous avec
plus de fureur que jamais.

Non loin de Condillac, javais
de vastes propriétés que je n'a-
vais pas visitées depuis mon premier retour d'Espagne ; je propo-
sai à Eléonore et à mon ami d'aller y faire une partie de vendanges ; ce qui fut bientôt exécuté :
nous étions alors en 1813. Comme
j'avais beaucoup de réparations à
faire faire, et beaucoup de choses
à régler, il arriva que nous en
fûmes tous trois si fort occupés
dès que les vendanges furent faites,
que nous fûmes surpris par la sai-
son, et dans l'obligation de passer l'hiver à la campagne. Nous
allions partir en avril, quand notre
petite tomba dangereusement ma-

lade ; et ce fut à l'époque même que la France fut envahie par l'étranger. Les Anglais arrivèrent à Bordeaux , et y stationnèrent, ainsi que dans ses environs. Aussitôt nous reçûmes l'ordre de loger un commandant anglais avec ses officiers et quelques soldats. Alors nous allâmes nous reléguer dans le plus petit espace du bâtiment.

Peu de jours après, je reçus la nouvelle par Lécuyer père, qui avant l'arrivée des Anglais dans la Gironde m'avait écrit, que bien certainement les ennemis n'entreraient pas dans Paris à moins qu'il ne leur fût livré par trahison; qu'enfin cette résolution avait été prise, et qu'en conséquence, la capitale et ses environs étaient encombrés de Cosaques; que nous n'étions pas de ceux qui en logeaient le moins; mais que surtout il avait eu le plus grand soin de rapporter en ville tout çe que ces messieurs auraient pillé sans scrupule, malgré qu'ils étaient nos amis et nos sauveurs. Vous voyez que Lécuyer savait un peu railler ...

Depuis qu'il était chez nous, nous n'avions point encore vu le commandant anglais ; il donnait seulement ses ordres, et paraissait n'être nullement désireux de saluer ses hôtes ; ce que nous attribuâmes à la taciturnité anglaise.

Cependant les officiers étaient doux, affables et fort paisibles. Le duc et moi, nous nous entretenions avec eux ; ils étaient satisfaits qu'on leur parlât la langue de leur pays, et avaient beaucoup de prétention à parler la nôtre. Tout s'arrangeait assez bien depuis l'arrivée de ces messieurs chez nous, quand, vers la fin du troisième jour qu'ils y étaient, le commandant ordonna que l'on fermât toutes les portes du logis, et que moi et le duc on nous fit prisonniers chez nous. Dans ce moment même nous étions dans le salon qu'occupaient ces officiers ; et Eléonore et Sophie étaient auprès du berceau d'Adèle.

Nous n'avions avec nous de domestiques que François, les deux
jardiniers et notre vieux concierge,
nombre trop insuffisant pour résister à la violence. Ainsi donc il fallait se voir réduit à être emprison-
né chez soi et fort mal traité sans
pouvoir se défendre.

Ces mêmes officiers, plusieurs
soldats, à qui nous avions parlé avec
obligeance, que nous avions trai-
tés de même, furent extrêmement
étonnés de cet ordre de leur commandant; et nous beaucoup plus
encore, comme vous le pensez sans
doute. Mais que devins-je! lorsque
bientôt un soldat vint dire au milieu de ces étrangers, que j'avais

empoisonné le vin mis à leur disposition ; et que le duc était mon
complice ! Alors, et rien de plus
simple,... ils nous saisirent et nous
gardèrent à vue dans le salon. Je
devins furieux. Moi ! m'écriai-je !
moi ! un Français ! je commettrais
un pareil crime !... une si affreuse
lâcheté ! Où-est il votre commandant ? que je le voie, que je lui
parle ; ou qu'on me conduise de
suite à l'état-major. Apprenez que
je n'ai rien à redouter ! Encore une
fois, où est votre commandant ?
Pourquoi donc ne l'ai-je point encore vu depuis qu'il est chez moi ?
Qu'il me donne un mot, un seul
mot d'explication ; c'est bien la

moindre chose, quand il me fait prisonnier chez moi, que je sache qui a pu l'induire dans cette erreur!...

Tandis que mon ami et moi, nous nous efforcions d'obtenir des éclaircissemens sur une si indigne inculpation, ne voilà-t-il pas que des cris perçans se font entendre! Je distingue aussitôt ceux d'Adèle et de sa mère!.. Je veux me précipiter hors du salon ; mais on me retient fortement. Je pousse des cris affreux... Anglais, dis-je, Anglais! on tue mon enfant! on tue ma femme! Laissez... laissez-moi aller... Ah! je vous en conjure! je vous en supplie!... Cruels que

vous êtes!... Volez donc au moins à
leur secours!... sauvez ma femme!
sauvez mon enfant!... Alors mes
larmes coulent de désespoir et de
fureur; et je suis dans un état si
pitoyable, que tout aussitôt trois
officiers dont l'âme est accessible
aux accens d'un époux, d'un père
malheureux, se transportent dans
les appartemens d'où partent les
cris.... Mais que voient-ils?... le
commandant mettant lui-même un
mouchoir en forme de baillon à
la bouche de ma femme, un soldat qui veut emporter mon enfant
dans une couverture, Sophie que
l'on frappe parce qu'elle se précipite vers l'enfant, François et les

autres domestiques qui se battent
contre des soldats qui ont le sabre
levé sur eux. N'écoutant alors que
le propre mouvement de leur générosité, ils fondent l'épée à la
main sur les malfaiteurs, font
lâcher prise au commandant, qui
se met en devoir de leur résister,
parviennent promptement à faire
cesser cette scène qui les remplit
d'indignation; et, au grand déplaisir de leur commandant, l'entraî-
nent malgré lui dans le salon.
Mais à peine s'offre-t-il à ma vue,
que je reconnais le monstre....
O ciel! m'écriai-je, c'est lui! c'est
toi, horrible de Beauval!... Quoi!..
toi ici!... Viens-tu donc encore

pour nous assassiner? as tu tué ma
femme, mon enfant?... Non, non,
s'écrient les trois officiers; non,
rassurez-vous, monsieur. Infâme!
continuai-je, tu oses porter une
épée? Et à ces mots, je saute sur
lui avec violence, toutefois sans
être obligé de me débarrasser de
ceux qui m'entourent; car ils sont
si étonnés de ce qu'ils voient et de
ce qu'ils entendent, qu'ils me lais-
sent libre; je saute, dis-je, sur lui,
et lui arrache son arme, en m'é-
criant ensuite : Anglais! oui, cet
homme que vous voyez est un assassin, et nous n'avons jamais été
des empoisonneurs. Mon ami et
moi, nous portons tous deux les

marques des blessures que sa féro-
cité nous a faites. Il veut nous
perdre à quelque prix que ce soit ;
depuis cinq ans il nous persécute ,
et ne veut que se baigner dans
notre sang. Anglais ! je dis la vérité ; je le jure sur l'honneur , et de
plus sur mon Dieu. Frappez! s'écrie
à son tour de Beauval , et avec
l'accent d'un forcené qui reprend
toute sa fureur; frappez sur vos
ennemis ; n'écoutez pas leur perfide
langage ; punissez-les ; n'importe
où des ennemis se rencontrent ,
il les faut terrasser. A peine a-t-il
achevé ces paroles, qu'Eléonore
entre pâle , échevelée , et tombe
suppliante aux pieds de son indigne

père. Voilà, dis-je alors sur le même
ton, car je ne pouvais être plus
animé, voilà sa malheureuse fille !
qui de vous, ô soldats anglais! voudrait être le complice de ce barbare ? qui de vous voudrait partager avec lui l'exécration dont il
est l'objet depuis long-temps ? Ces
étrangers sont si émus d'un tel spectacle , qu'ils sont comme immobi-
les et saisis d'effroi. Quoi ! leur dit
l'homme tyran, vous souffrez qu'on
m'outrage ainsi! moi, votre chef?...
Arrêtez , reprend l'un des braves
officiers qui s'étaient élancés dans
l'appartement, nous ne saurions
être les complices de votre crime...
Vous nous commanderez à la

guerre... trop heureux, si nous ne
combattions toujours que pour de
justes causes ; mais ici vous ne serez point obéi ; nous ne servons
point de vengeances particulières.
Le signe que porte cet honorable
Français, ajoute l'Anglais en me
montrant, est le garant de toute sa
vertu ; et nous respecterons son
asile comme sa personne. Bravo !
répondent tous les autres ; et aussitôt je me jette dans les bras de
ce sensible défenseur de nos droits,
qui, tout ému, me presse vivement
contre son cœur, et répond par
des larmes au sentiment de ma
reconnaissance. Alors notre tyran
baisse les yeux en dévorant son

affreux courroux, et se retire honteusement sans vouloir entendre
la voix d'Eléonore qui le rappelle.

Il était bien impossible que nous
restassions chez nous dès le moment que nous y savions notre ennemi. Nous allâmes donc, immédiatement après ce qui venait d'a-
voir lieu, nous réfugier chez un
de nos fermiers. Notre ami se hâta
d'abord d'y transporter Adèle qu'il
avait soigneusement enveloppée
dans une couverture, et qu'indépendamment de cela, il tenait sous
son garrik. Il s'en alla en même
temps avec Sophie, qui était toute
éplorée, toute malade, des mau-

vais traitemens qu'elle avait éprou-
vés. Représentez-vous ce bon ami
portant Adèle comme s'il eût porté
son enfant, et marchant au pas de
celle qui s'appuyait sur son bras ,
comme s'il eût marché auprès de
sa sœur ou de son épouse, objet de
sa touchante sollicitude.

Eléonore ne savait comment exprimer ses sentimens de gratitude
envers les trois officiers. Ils nous
promirent bien de veiller à la conduite de leur commandant à notre
égard, et de nous prévenir au
moindre soupçon qu'il leur don-
nerait. Comme ils voyaient bien
que nous ne voulions pas avoir recours aux voies ordinaires qui met-

tent un terme aux entreprises des
malfaiteurs, ils nous promirent
aussi de ne l'accuser que devant nous
de tout ce qu'il pourrait imaginer
de nouveau et à leur connaissance.
Le sensible intérêt que nous portèrent ces étrangers, ne contribua pas
peu à nous soulager dans cette conjoncture. Nous ne savions vraiment
comment remercier nos libérateurs ; car non-seulement ils nous
avaient sauvés, mais ils prenaient
un plaisir bien vif à nous consoler.
Ils vinrent nous conduire à la ferme,
et promirent de revenir le lendemain nous visiter.

A peine fûmes - nous installés
dans notre nouvel asile, que le

médecin fut appelé ; il trouva un surcroît de fièvre à Adèle , mais qui ne menaçait d'aucune suite fâcheuse. Quant aux contusions de Sophie , il les déclara sans danger , et lui prescrivit les soins les plus simples et les plus ordinaires en pareil cas. Il eût fallu voir encore ma chère Eléonore, après avoir couvert son enfant de baisers , serrer contre son cœur sa bonne Sophie dont elle visitait les joues , les bras, les mains, rougis par les coups ; il eût fallu voir alors cette femme sensible mouiller de ses pleurs les meurtrissures que les satellites de son père avaient faites. Ah ! lui disait Sophie , madame , je ne pense plus à mon mal.... vos bontés doivent me le faire oublier entièrement.

A cause de notre enfant, nous restâmes une huitaine de plus dans l'endroit, ce qui nous parut un bien long séjour par rapport à notre fatal voisinage. Je ne dois pas omettre que nous envoyâmes de suite François chez nous à Paris; nous avions trop de crainte qu'il ne retombât sous la main de ceux qui avaient reçu l'ordre de le tuer un des premiers.

Les trois officiers venaient nous voir tous les jours, et passaient la plus grande partie du temps avec nous. Que leur conversation nous

était agréable ! Ils étaient bien éloï-
gnés de médire de notre nation ;
ils s'affligeaient bien sincèrement de
la conduite du ministère britanni-
que ; ils plaignaient de tout leur
cœur nos armées si long-temps vic-
torieuses, et si dignes de l'être ; ils
révéraient ce que la postérité a déjà
marqué du doigt. Ils étaient éminemment dévoués à leur pays ; ils
étaient prêts à lui sacrifier tout leur
sang ; mais ils ne connaissaient pas
de patriotisme sans loyauté. *Hon-*
neur et patrie ! était leur devise
comme à nous ; et ces nobles Anglais étaient dignes à leur tour de
l'admiration, et je dirai même de
la reconnaissance de tous les bons

Français. Et pour achever de vous les peindre en peu de mots, ils étaient capables, comme Bruce, Hutchinson et Wilson, d'exposer leurs jours pour sauver un Français malheureux.

. De retour à Paris, et nos esprits un peu moins troublés, nous nous concertâmes tous trois pour savoir de quelle manière, sans compromettre honteusement sa vie, nous pourrions enchaîner la fureur de cet homme si constant dans ses vengeances; mais nous ne pûmes obtenir aucun heureux résultat de nos recherches intellectuelles. Notre philosophie, notre logique, s'épuisaient en vain; la moindre démar-

che le perdait, il le méritait bien ;
mais la nature même arrêtait toujours une fille au désespoir. Nous
ne savions donc qu'imaginer; nous
ne-savions où nous transporter pour
avoir le repos. En était-ce fait? ne
fallait-il plus l'espérer? Ce misérable épuisait toutes nos conjectures :
nous ne revenions pas de notre surprise de le voir au service de la
Grande-Bretagne. Il est vrai qu'a-
vec beaucoup d'argent on fait beaucoup de choses ;.... il fallait que sa
rage fût insatiable, puisqu'elle sur-
passait les terreurs qu'il devait avoir
au moins de ce que le duc pouvait
contre lui. Certes, ces terreurs, il
les avait eues, puisqu'il avait fui....

Il est vrai que la marche qu'il avait
prise n'était point une marche in-
certaine : il était bien près de la
réussite de son odieux projet ; sans
le secours des trois officiers, nous
étions perdus indubitablement. Il
n'était que trop facile, dans un
moment si critique, de nous mettre à la disposition du soldat irrité.
Qu'aurait-on eu à repliquer à l'é-
gard d'une vengeance exercée spon-
tanément sur des empoisonneurs ?
L'attaque eût été trop forte, et la
vengeance eût paru légitime : telle
était l'issue qui flattait l'espoir d'une
créature indigne du nom d'homme.

La première occupation fut.,
comme vous le savez, de peu de

2. 18

durée. Nous restâmes, après cette
dernière tentative, environ dix
mois sans entendre parler de rien,
quand tout à coup la révolution
du 20 mars, en faisant refluer sur
la France les troupes étrangères,
nous occasionna une autre appari-
tion de l'infatigable artisan de nos
malheurs particuliers. Non, madame, on ne conçoit pas comment
le ressentiment, la haine, peuvent
s'emparer à ce point de l'âme de
quelqu'un. Mais jusqu'ici, en ex-
ceptant toutefois l'assassinat dirigé
contre notre ami, nous n'avons
peut-être marché que sur des ro-
ses.... Vous verrez ce que peut une
vile ambition déçue,... ce que peut

un méprisable orgueil qui se ven-
ge..... Ah! de tous les vices, en
est-il de plus funestes!... Qu'on se
représente cet odieux orgueil qui
frémit de rage à la moindre atteinte
qu'il reçoit ; qu'on se représente
cette vile ambition qui boit, sans
pouvoir se désaltérer, le sang de
ses victimes ; qui ne marche jamais
sans l'hypocrisie, la crainte, le mensonge et la trahison ; qui redoute
plus un témoin accusateur que la
foudre du ciel ;... qui récompense
le crime heureux ; abandonne ou
précipite elle-même le complice
qui s'égare.... Qu'on se la représente
méditant sans cesse de nouvelles
vengeances, de nouvelles atroci-

tés; qu'on se la représente enfin
restée en extase, la bouche ouverte,
les yeux fixes, écoutant délicieusement les gémissemens, les cris des
malheureux qu'elle offre en héca-
tombe à ses exécrables idoles re-
léguées dans l'antre épouvantable
des superstitions, et on ne s'exagé-
rera point ce monstre, soit qu'il
domine les grands, soit qu'il domine les petits.... Si je me sers ici
des qualifications de *grands* et de *petits,* ce n'est qu'afin de parler selon
la manière usitée; car on sait parfaitement que les grands ne sont
autres que les hommes vertueux,
et les petits les hommes en proie à
l'influence du vice.

Je vous parlais donc de l'époque du 20 mars. A cette époque, ce ne fut pas d'Anglais que nos maisons furent remplies, mais bien de Prussiens, et cela ne laissa pas de diminuer en quelque sorte nos appréhensions quant à de Beauval, puisqu'il commandait des compagnies anglaises. Mais quelle erreur était la nôtre !

Non-seulement les Prussiens que nous logions à la campagne, avaient fait un grand dégat dans nos propriétés dès le moment qu'ils y étaient arrivés, ils eurent encore la cruauté de tuer un domestique du duc, et de frapper d'une manière si affreuse Lécuyer père, que peu s'en fallut qu'il ne subît le

même sort. Vous jugez de notre douleur en apprenant de si criminelles
violences. Tout aussitôt le duc voulut faire punir les assassins ; mais à
peine étions-nous prêts à faire nos
premières démarches pour cela,
que le colonel des troupes station-
nées dans notre canton , nous en-
voya fort poliment chercher , mon
ami et moi , pour nous faire donner
une prompte satisfaction sur l'objet
d'une demande qui devait, en effet,
lui sembler inévitable. Il terminait
son avis en nous priant de croire que
nul chef des troupes alliées n'auto-
risait ni le meurtre, ni les violences;
et cet avis était signé Wolf.

Je puis bien dire que ce fut sans

la moindre méfiance que nous nous rendîmes auprès de ce colonel. Eléonore n'avait pas même éprouvé le moindre pressentiment. Arrivés dans la maison qu'il occupait, nous fûmes introduits dans son apparte- ment avec infiniment d'égards et de politesse. Mais nous fûmes à peine à deux pas de lui, qu'il nous fit mettre la main sur le collet ; et, ce colonel, c'était encore l'horrible de Beauval.

Pour cette fois, notre anéantis- sement fut complet ; pour cette fois c'en était fait de nous ; il n'y avait plus moyen de faire valoir aucune expression ; les soldats qui l'entouraient alors, et qui

étaient à peu près au nombre de
sept ou huit, étaient autant de satellites. Descendez, leur dit-il, ces
deux hommes dans la cave, et ser-
rez-les bien l'un contre l'autre....
Nous étions si saisis de surprise,
notre position avait quelque chose
de si étrange, que nous ne pouvions
trouver aucune parole ni pour nous
plaindre, ni pour nous défendre,
ce qui eût d'ailleurs été fort inutile.
Nous fûmes donc conduits dans la
cave, et serrés l'un contre l'autre,
ainsi que le colonel l'avait ordonné.
Quand il sut que nous étions bien
bien garrottés, qu'il n'y avait aucun
danger à venir nous faire sa visite,
il descendit, et nous traita d'une

manière si horrible, si scandaleuse;
il nous menaça de souffrances si
cruelles, que je pensai m'évanouir;
car toutes mes idées se portèrent sur
ma bien-aimée et notre chère enfant. Prends courage, me dit seulement le duc; nous mourrons sans
verser le sang de personne, et la
vengeance de Dieu ne nous mena-
cera jamais plus dans cette vie que
dans l'autre! Cher ami, répliquai-
je, tu as raison; mais il faut que
la vertu me soutienne; pour la première fois mon courage m'abandonne. A quoi te servirait-il? ré-
pliqua l'infâme de Beauval. Alors
je tournai mon visage vers celui de
mon ami, et je versai des larmes

sur ses joues pâlies par ladouleur e t
l'attente de notre supplice. Le bourreau tenait une lumière, et nous
contemplait avec une maligne joie.
Ensuite il nous quitta pour donner
ses ordres à notre égard ; ordres
dont il chargea deux Prussiens
que nous vîmes arriver un quart-
d'heure après qu'il se fut retiré. De
ces deux Prussiens, l'un était soldat
et l'autre officier ; le soldat avait
environ vingt-sept ans, l'officier au
plus dix-huit. Ce dernier avait une
figure qui offrait un contraste bien
surprenant avec les fonctions dont
il était chargé ; ce que nous aper-
çûmes facilement à la lueur de la
torche dont il s'éclairait. Il s'agis-

sait de nous faire administrer du
knout par le soldat, qui avait à
peu près six pieds de haut, et dont
la force répondait à la taille. Il n'y
a pas de doute que ni cette taille,
ni cette force ne peuvent en imposer sur le champ d'honneur; mais
dans l'état où nous nous trouvions,
je ne pense pas qu'elle dût nous
rassurer beaucoup..... L'officier
commença par bien fermer la
porte de la cave en nous apostro-
phant de la manière la plus rude,
et le soldat ne ménagea pas ses expressions : Allons, mes gaillards,
nous dit l'officier, sans s'éloigner
tout-à-fait de cette porte, et en
élevant encore plus la voix, dispo-

sez-vous.... reculez, reculez au
fond de la cave..... Camarade ,
pousse-les donc. Allons... ferme !
Et ensuite il nous poussa aussi lui-
même au fond de cette cave. Mais
que fit-il ? Tout aussitôt il la visita
avec le soldat, revint à nous, nous
serra contre sa poitrine, et nous
dit : Braves gens, soyez tranquilles,
ce soir vous serez sauvés, nous vous
le jurons sur l'honneur. Il faut, lui
dit le soldat, déboucher un peu d'a-
vance le soupirail ; et en même
temps il fit tomber une assez grande
quantité de fumier qui servait à
l'obstruer. Il faut, ajouta-t-il, enlever quelques pièces des habits de
ces messieurs. Ah ! messieurs, nous

dit l'officier, ayez bien soin de contrefaire les battus ; ... cela est de la plus grande importance. Encore une fois, je vous le répète, ce soir, vous serez sauvés. Il est inutile de vous dire quelles furent nos expressions de reconnaissance à l'égard de ces deux Prussiens, qui, de l'accent le plus allemand, venaient, avec tant de bonté, de nous assurer notre délivrance. Ah! m'écriai-je aussitôt, cher Henri! voilà la récompense de ta vertu! elle est, en même temps que pour toi, l'égide de ton ami!

Ainsi qu'ils l'avaient jugé à propos, nos nouveaux libérateurs mirent nos habits en désordre, et remontèrent vers de Beauval, qui,

une heure après , vint nous visiter.
Je ne dois pas omettre qu'il se fit
accompagner de ces deux braves
militaires. Eh bien , nous dit-il ,
après nous avoir considérés quelque
temps , vous voyez que j'ai ici sur
vous le droit de vie et de mort ;
que je vous tiens bien pour cette
fois, et qu'Edmon n'est pas en pouvoir de me haranguer, de divul-
guer mes justes ressentimens ; de
charitables Anglais ne lui prêteront
pas main-forte aujourd'hui. C'était
trop contre mon orgueil, Edmon !
Tu as eu tort de me traiter ainsi ;
tu as excité en moi des désirs de
vengeance qui ne pouvaient s'étein-
dre facilement.... Mais, écoutez ,

malgré tout, je puis vous faire grâce
à tous deux , mais c'est à une con-
dition que voici : tu vas écrire à ma
fille , afin qu'elle te fasse passer aussitôt la note que le grand coquin de
François vous a portée avec tant
d'empressement ; si elle me revient
dans les mains . . . eh bien , je te
fais sortir d'ici ainsi que ton ami.
Je feignis le plus grand sang-froid
en écoutant les paroles de cet
homme atroce ; je me hâtai d'é-
crire, et il nous quitta de suite pour
envoyer cette lettre à ma femme.
Les deux généreux Prussiens avaient
tout entendu sans sourciller. Ils se
retirèrent aussi.

Avant que deux heures se fus-

sent écoulées, cette fameuse note
arriva avec une lettre d'Eléonore,
et ainsi conçue :

« Mon bien aimé, qui t'oblige
» donc à me demander ce papier ?
» Qu'est-il survenu ? y a-t-il né-
» cessité de confondre le cou-
» pable ? Mes terreurs augmentent
» à chaque instant : ton écriture
» n'est pas comme de coutume ; ta
» main tremblait en écrivant. Si ce
» n'est à toi, est-ce à notre cher
» ami qu'il est arrivé quelque
» nouveau malheur ? Je ne sais
» que supposer ; tu ne me donnes
» pas la moindre explication. J'ai
» beau interroger celui que tu
» m'envoies, il n'entend pas assez

» le français pour me répondre :
» il me dit seulement d'être en
» repos ; mais il m'est trop impos-
» sible de me rassurer. Renvoie
» donc au plus tôt vers moi ; je suis
» frappée de funestes pressenti-
» mens ; l'alternative est cruelle ;
» hâte-toi de la faire cesser, ou je
» me rends auprès de toi. »

Cette lettre me fut aussitôt en-
voyée par de Beauval, en me faisant savoir par le jeune et infatigable officier qui s'était près de
nous rendu le messager de notre
bourreau, que, d'après cette lettre
de sa fille, il avait encore beaucoup
de réflexions à faire. Vous jugez

de toute sa fourberie. Il était difficile de trouver un plus grand
monstre. Il voulait donc tout simplement violer sa promesse; et il
ne tarda pas à nous confirmer dans
cette pensée, en me faisant passer
un papier sur lequel il avait fait
écrire ce qui suit :

« En promettant de te renvoyer,
toi et ton ami, comme je n'ai suivi
que le premier mouvement de ma
générosité, tu voudras bien permettre que je prenne toute la nuit,
pour délibérer sur ce que j'ai à
faire dans tout ceci. »

Bravo ! dit le jeune Prussien, il
nous sert à merveille. S'il faut se
battre, ce ne sera pas en plein

jour..... Oui, répondis-je.... mais
si ma femme venait, elle serait
perdue ! Laissez-moi faire ; nous
allons la rassurer, repartit-il ; il faut
que je m'en retourne à l'instant.
Buvez ce vin que je vous apporte ;
mangez chacun ce peu que voici ;
remettez-vous l'un et l'autre ; ou-
bliez que le temps est toujours trop
lent pour la délivrance des malheureux. Ce soir, avant dix heures, je
serai près de vous. J'ai toute la
confiance de votre bourreau, c'est
le moyen le plus certain de vous
sauver. Je le déclarerais à faux...
n'en doutez pas, ses subterfuges, sa
ruse, l'emporteraient ; il est trop en
faveur ; il faudrait d'autres preuves

de son projet criminel , que tout ce
que je pourrais dire ; et dans un
moment où sur un pays conquis ,
n'importe comment , tant d'abus
sont tolérés....

Hélas ! ce beau jeune homme
avait bien raison. Nous ne pouvions résister à tout ce qu'il avait de
céleste et de consolant. A peine
nous eût-il quittés , que nous sen-
tîmes renaître notre courage. Enfin
l'heure est sonnée... Nos deux libérateurs se montrent à nous ,....
nous ôtent , en tremblant d'attendrissement et de joie , nos liens
dont il n'eût pas été prudent de
nous dégager dans la juste appréhension que de Beauval vînt nous

faire une visite inattendue. Ensuite
ils débouchent entièrement le soupirail, nous font une échelle de
leurs épaules sur lesquelles nous ne
nous exhaussons qu'en couvrant de
bénédictions ces êtres généreux et
sensibles, et en les conjurant de
nous donner au plus tôt de leurs
chères nouvelles. Avant que nous
eussions atteint à la hauteur de ce
soupirail, que de craintes mon ami
et moi nous éprouvions! le brave
soldat avait juré de se battre à mort
plutôt que de lâcher prise : le jeune
officier n'était pas moins décidé. Le
premier s'était muni de deux sabres,
dont un pour moi et l'autre pour le
duc. D'après cette prévoyance nous

nous serions trouvés en état d'op-
poser une résistance s'il y eût eu lieu ;
mais le père d'Eléonore fût peut-être
resté sur la place, et nos sensibles et dévoués libérateurs auraient
payé bien cher tant de générosité
pour nous.... Mais heureusement il
ne fut rien de tout cela ; le succès
couronna l'entreprise ; et si les
degrés que nous avions à fran-
chir reçurent délicieusement l'em-
preinte de nos pas, ah ! croyez
qu'ils communiquèrent aussitôt dans
mon cœur et celui de mon ami,
cette chaleur ravissante, ce feu sacré d'une reconnaissance éternelle.

L'alarme, la douleur la plus vive,
étaient dans notre maison. A peine

nos domestiques nous aperçoivent,
que des cris de joie se répandent
autour de nous ; Eléonore, comme
vous le pensez bien, se précipite
aussitôt dans mes bras ; notre bonne
petite Adèle nous couvre de baisers ; nous parlons tous à la fois ;
maîtres et serviteurs, nous sommes
dans les bras des uns et des autres ;
le désordre de nos habits ne con-
tribue pas peu à prolonger cette
effusion d'âme ; tous, ils voient bien
que nous avons échappé à un danger ; mais tous pleurent sans pouvoir nous interroger ; et ce n'est
qu'après une demi-heure au moins,
qu'il nous est possible de parler et
d'être écoutés.... O sainte alliance

des familles et des âmes sensibles !
au sein du malheur, que de charmes tu fais éprouver quelquefois
encore !....

Eléonore, justement irritée des
crimes de son père, l'intimida pour
cette fois, en lui adressant tout de
suite cette lettre dictée dans l'excès
du désespoir, et par la force du
sentiment. N'allez pas croire pour
cela que notre repos fût assuré.....

« Mon père,

» C'en est trop... Votre malheu-
» reuse fille n'est plus en état de
» supporter le poids de tout le
» mal que vous lui faites. Si
» vous ne m'assurez que vous

» allez mettre un terme à tant de
» crimes, puisque ma voix sup-
» pliante, puisque l'accent de la
» plus cruelle, de la plus profonde
» douleur, ne peuvent vous tou-
» cher, je vais me jeter aux pieds
» du prince que vous servez, non
» pour qu'il fasse justice de vos
» cruautés (ah! plutôt la foudre du
» ciel m'anéantir en ce moment);
» mais pour qu'il vous mette dans
» l'impossibilité de les assouvir da-
» vantage sur vos malheureuses vic-
» times. En vain vous aurez recours
» à de perfides ruses.... Quoi! à
» toute heure, vous voudriez que
» je craignisse pour la vie de mon
» époux, de mon enfant et de

» l'homme vertueux qui s'immole
» chaque jour pour nous ? vous vou-
» driez que je visse continuellement
» votre main homicide les frapper
» de nouveaux coups ? Eh ! de quel
» droit vous êtes-vous fait notre
» bourreau ? quelle est cette épou-
» vantable révolte du sang ?... Plus
» accessible ici que dans son palais,
» le prince prussien me recevra,
» m'entendra, sera tout ébranlé par
» mes plaintes, par la vérité et mes
» supplications. Mes larmes brû-
» lantes couleront sur ses mains....
» ce ne sera pas tant pour mon re-
» pos que je m'humilierai aux pieds
» d'un homme, que pour votre
» honneur. Songez-y bien. Cet

» homme n'est pas roi pour moi;
» mais, vous, devenu son sujet,
» vous fléchirez devant son sceptre
» au nom de la nature et de l'hu-
» manité. Quant à moi, je ne suis
» point faite pour fléchir devant
» personne; mais je fléchirai pour
» vous, pour mon époux, pour
» ma fille et pour notre ami. Je
» fléchirai par vertu, au nom de
» Dieu que vous offensez par des
» crimes nouveaux ; je demanderai
» qu'il soit mis à jamais, entre
» vous et nous, une barrière invin-
» cible... Mais, hélas ! mon père, à
» quoi me réduisez-vous ?... Je ne
» puis vous demander la mort, je
» dois vivre pour eux.... Je vous

» demande donc encore à genoux
» de cesser de me frapper dans tout
» ce que j'ai de plus cher. Eh! son-
» gez-donc bien que vous frappez
» sur vous! Oui, l'infanticide de
» votre part est parfaite! le coup
» que vous avez porté dans le flanc
» de mon époux, vous l'avez porté
» dans le mien, dans celui de mon
» enfant! et, quand notre sang re-
» jaillit sur vous, de quel coup
» me frappez-vous encore? Mon
» père! répondez promptement!
» quelle ressource me reste-t-il?
» que faut-il que je fasse? Mais je
» viens de vous le dire.... mais un
» mot, un seul mot de vous peut
» détourner les effets de ma dou-

» leur et de mon désespoir ; de ce
» désespoir dont je me méfie , puis-
» qu'il vous menace malgré moi ,
» au moment même que je vous
» supplie encore. Conjurez donc
» son triomphe ; et gardons-nous
» plutôt d'inspirer à la fois et
» l'horreur et la pitié. »

Toutefois voici la réponse qu'il
fit aussitôt ; c'est-à-dire qu'il avait
reçu la lettre à neuf heures du matin, et que cette réponse nous arriva avant midi.

« Eléonore ,

» C'est pousser trop loin l'ou-
» trage ; mais rends grâce à cette

» pitié dont un malheureux père
» ne peut jamais se défendre,
» quels que soient les torts de ses
» enfans. Quoi! tu as empoisonné
» la source de ma vie, en mécon-
» naissant mes soins, ma bonté,
» mes innombrables sacrifices; tu
» m'as irrité par une résistance sans
» exemple à des vues de félicité que
» je n'avais formées que pour toi;
» tu as obstinément dédaigné de
» couronner dix-huit ans d'efforts
» paternels. Je me suis plaint, rien
» n'a égalé ton insensibilité, et tu
» me reproches aujourd'hui mes
» trop justes plaintes?... Si quel-
» quefois ton malheureux père s'est
» laissé entraîner à l'excès de son

» chagrin, c'est à toi que tu dois
» t'en prendre; c'est toi que tu
» dois accuser, ainsi que cette au-
» dace avec laquelle tes dignes amis
» ont joui de ma défaite dans des
» circonstances dont le souvenir
» bouleverse mon cœur..... Tu
» oses me menacer de ton déses-
» poir!... crois-tu donc que je n'ai
» pas le droit de te menacer aussi
» du mien?... mais c'est à tes seuls
» remords que je t'abandonne;....
» toi-même n'attente pas à mon
» repos. Adieu;.... je serais trop
» heureux si je pouvais oublier que
» j'ai donné le jour à une fille qui
» peut servir de modèle à l'ingra-
» titude! »

Comme cette réponse peignait la défaite de celui qui la faisait ! Hélas ! que pouvait-il nous arriver de plus favorable dans notre malheureuse situation, à moins de frapper les grands coups ? Nous venions de faire baisser pavillon à notre ennemi ; nous étions bien convaincus de sa fureur secrète ; nous pensions bien que rien n'aurait diminué ses ressentimens ; mais il ne pouvait maintenant les faire éclater ; et c'était beaucoup pour nous qu'une trève avec lui, quoique obtenue forcément. Mais pour plus de sûreté encore, nous prîmes une nouvelle résolution.

Bientôt nous eûmes la certitude

que les armées étrangères occupe-
raient pendant plusieurs années le
territoire français ; nous résolûmes
donc tous trois de quitter cette
France chérie, pour aller respirer
en paix dans une autre contrée.
Nous décidâmes d'aller dans les
Etats du roi de Bavière. Le duc
avait de puissans amis à la cour de
ce prince ; et nous nous promîmes
de ne revenir à Paris que quand
notre bourreaune souillerait plus
la vue des hommes. Lécuyer re-
tardait seul notre départ. Dès qu'il
fut en état de supporter le voyage,
plus rien ne nous arrêta : ce qui eut
lieu quinze jours après les contusions
du malade ; car nous comptions les

jours, tant nous étions impatiens
de nous éloigner du pays qu'habi-
tait le trop affreux de Beauval.

Néanmoins, comme je ne saurais omettre une des choses qui
nous touchaient le plus, autant par
son importance que par le sentiment dont elle remplissait nos
cœurs, je dois vous dire que nous
ne reçûmes aucune nouvelle de
nos libérateurs, dont les noms nous
étaient restés inconnus, quoique
nous les leur eussions demandés.
Mais soit le trouble dans lequel ils
étaient aussi bien que nous ; soit
qu'ils se sentissent retenus par une
sorte de prudence, nous nous étions
séparés sans qu'ils se fussent déclinés.

Pourtant ils avaient bien promis de venir nous voir dès que cela leur serait possible. De notre côté, comment nous informer d'eux? Il fallait une grande circonspection dans nos démarches; et nous étions tourmentés par la crainte que de Beauval, les ayant soupçonnés, ne s'en fût vengé sourdement. Nous étions si indignés de sa dernière tentative, que nous ne pouvions même arrêter notre pensée sur le village où il était, village distant d'une lieue de celui où nous logions de sa troupe.

L'officier était sans cesse présent à mes yeux. Cet aimable et sensible jeune homme n'avait rien négligé

dans notre affreuse position. Il
avait envoyé un commissionnaire
près de mon épouse, avec ordre
de ne lui dire que ce peu de mots :
Ne venez pas près de votre époux;
ne craignez rien, et ne m'interro-
gez pas. Quel que fût le laconisme
de cet avertissement, il ne laissa
pas de rassurer Eléonore. Il fallait
donc renoncer au plaisir, au bonheur de prouver notre reconnaissance.

Déjà deux ans s'étaient écoulés depuis que nous étions en Bavière, et
nous n'avions encore entendu parler de rien qui pût nous inquiéter.
Ainsi que notre ami, nous étions
accueillis par tout ce que la cour

avait de mieux. Notre ami demeurait avec nous ; nous ne voulions
plus faire deux maisons : depuis assez de temps nous en avions formé
le vœu , il fut enfin accompli.
Notre temps se passait entre l'amitié la plus touchante et les délasse-
mens les plus agréables. Notre ami
aimait l'étude des bons livres , et
nous la partagions avec lui pendant
une partie de la journée. Mon
Eléonore se joignait à nous après
avoir jeté gracieusement, sur tout
ce qui l'entourait, ce qu'on appelle
ordinairement l'œil du maître. Elle
était si bonne, que ses domestiques
auraient cru avoir démérité près
d'elle , si elle eût manqué d'en agir

ainsi. Toutefois sa plus grande occupation était de veiller à son bien-
aimé et à sa chère Adèle. O ma
tendre Eléonore! que de soins tu
nous portas!... Ici M. Edmon s'in-
terrompt pour essuyer les larmes
qu'il versait en se retraçant de si
doux souvenirs!... Alors, tout en
partageant son attendrissement, et
sans vouloir l'en distraire, je crois
devoir, néanmoins, l'engager à
remettre, comme la veille, au lendemain, la suite de son récit.

FIN DU SECOND VOLUME.